HÉSIODE ÉDITIONS

ANDRÉ BAILLON

Zonzon pépette, fille de Londres

Hésiode éditions

© Hésiode éditions.

1 rue Honoré - 93500 Pantin.
ISBN 978-2-493135-36-0
Dépôt légal : Septembre 2022

Impression Books on Demand GmbH

In de Tarpen 42
22848 Norderstedt, Allemagne

Zonzon pépette, fille de Londres

I

AU CERCLE

Tout marcha bien. Le type, un gros angliche, lui donna deux guinées et ne se rhabilla pas si vite qu'elle n'eût auparavant le temps de lui chiper son portefeuille. Elle lui laissa sa montre, parce que, demain, il y aurait encore des montres. Son coup fait, elle pensa, comme au temps de Paris :

– Salaud, je t'emmerde.

Elle n'eut pas à remettre de chapeau ; elle n'en mettait jamais. Un coup de pouce au chignon, un coup de poing à la jupe, les mains au tablier où sont les poches, puis en route.

Dans la rue, elle se dépêcha pour rejoindre son homme. Quand il ne la suivait pas, elle savait où le trouver : au Cercle, avec les copains. En chemin, près de la Tamise, elle rencontra le policeman qui, un jour, l'avait coffrée ; lui ou un autre. Comme elle marchait vite, il ne pouvait rien lui dire. Elle avait, pour les flics, des idées très précises. Elle tourna la hanche :

– Toi, je t'emmerde !

Ouf ! ce qu'elle suait dans ce cochon de Londres ! Dans ces ruelles, les gens couchaient par terre, et pas tous sur des paillasses : il y avait des hommes avec des femmes, des vieux, des jeunes, des nichées de pauv'gosses. Cela puait le poivre. Cela puait aussi comme dans une chambre après l'amour. Elle constata ce qu'elle constatait tous les jours : que beaucoup de ces femmes étaient jeunes, avec de bonnes cuisses et de cette chair encore verte qui plaît aux hommes. Elle pensa :

– Sont-elles bêtes, quand il y a tant de types.

Enfin c'était leur affaire.

On les emmerde !

Au Cercle, elle frappa ses trois coups. C'était bon, le soir, se retrouver, dans cette espèce de cave, et de blaguer, entre camarades, comme si qu'on arrivait tout droit des ponts de Grenelle. Henry-le-Gosse vint ouvrir. Il tira sa casquette. Il dit :

– Tu sais, ton homme, y s'impatiente.

Elle plaisanta.

– Va donc, je t'emmerde.

Ils étaient au complet, ceux du Cercle : le grand D'Artagnan, Ernest-les-Beaux-Yeux, Valère-le-Juste, Louis le Roi des Mecs, les autres : quelques-uns avec leur môme.

Tous ensemble ils s'écrient :

– Ah ! voilà Zonzon Pépette.

Après Joseph, qui l'avait eue dès la France mais était mort, ils savaient tous qu'elle avait un fessard comme pas un, une balafre à travers le ventre, et qu'à certain moment, quand on lui avait vu sa balafre, elle roucoulait en tourterelle :

– Oh ! chéri, je t'emmerde.

Il ne restait, à ne pas le savoir, que ce brun D'Artagnan, un prétentieux, qu'elle ne supportait guère.

Pour le moment, c'était Fernand-le-Lutteur. Une seconde fois, après les autres, et à lui seul, puisqu'il était le maître, il dit :

– Ah ! voilà Zonzon Pépette.

Il lui plaqua la main au corsage : si tout était en ordre ? Depuis quinze jours, ils s'étaient flanqué pas mal de gifles et de caresses : il s'aimaient beaucoup. Il était solide. Il portait, en tatoué sur le bras, un revolver, un autre dans sa poche. Et de plus un casse-tête : un fameux zig.

Elle lui souffla :

– Y a du bon.

Devant tous, elle lui passa les guinées puis, sous la table, le portefeuille : voir ce qu'il renfermait. Elle ne l'avait pas ouvert, elle n'eût pas ouvert un portefeuille sans son homme : c'est pas honnête.

Mince ! Ce qu'il y en avait des banknotes ! Il les compta, les plia dans sa poche. Elle fut si contente qu'elle dût crier :

– P'tit salaud, je t'emmerde !

Comme ils étaient riches, ils payèrent aux copains une tournée : d'abord de ce qu'on voulut, puis une seconde :

– Du gin pour tout le monde !

Après ce fut entre eux. Elle choisit pour sa part des huîtres bien blanches et, ensuite, un quartier de melon sucré au poivre, avec du gin par là-dessus :

– Bon ça !

Il la regardait s'empiffrer.

Tout alla bien tant que l'autre 'ne fut pas là. L'autre, c'était la Marie, une grande blonde de Flamande qui venait de Belgique. Sale Belge ! Zonzon ne l'aimait pas. D'abord, c'était la dernière à D'Artagnan. Ensuite, elle faisait sa poire ; elle venait toujours en chapeau. Et, surtout, un jour elle avait dit :

– Je suis honnête, moi ; je laisse leur portefeuille aux types.

Une pimbêche, quoi !

Quand la Marie entra :

– On t'emmerde, pensa Zonzon.

Ce qu'elle n'avouait pas, c'est qu'elle avait d'autres raisons de lui en vouloir. Fernand s'en cachait, mais cela se voyait ; il avait envie de manger de la viande fade de cette Flamande. C'est pas vrai ? Allons donc ! Il suffisait, quand il la reluquait, de voir ses yeux ; des yeux à lui rouler hors de la tête. Et tous les chichis qu'il faisait autour d'elle !

Ce soir il s'écarta, il fit :

– Eh ! la Marie, si je ne vous dégoûte pas, il y a de la place près de ma cuisse.

C'était assez dire ! Après, Zonzon fut encore plus furieuse, parce que cette pimbêche, au lieu de répondre à P'tit homme, allait s'asseoir derrière le banc du sien et le fixait avec des yeux de bête. Pourtant elle ne montra rien : elle leur tourna le dos :

– On vous emmerde.

Puis, elle fit gentiment à Fernand :

– Fernand, si qu'on buvait du vin ?

Les autres ne buvaient que de l'ale.

Elle lui remplit son verre. Avec ce qui resta de fond, elle lui frotta une mèche ; cela porte bonheur. Elle en prit un peu pour elle.

Il répondit :

– Fous-moi la paix.

Cela se voyait : il pensait toujours à cette garce ! Cependant, elle se contint encore. La bouteille vide, elle dit :

– Fernand, si qu'on buvait la suivante ?

Et cette fois assez haut pour qu'on pût l'entendre, elle ajouta :

– C'est pas avec une Flamande que t'en flûterais, des bouteilles !

Le mot porta : D'Artagnan serra les dents ; Fernand, en riant, montra les siennes. Et ne voilà-t-il pas ? Zonzon allait lui remplir son verre, quand elle vit qu'avec son pied, il cherchait celui de la Marie. Il allait arriver et, juste à ce moment, la pimbêche retira le sien !

Nom de nom ! Elle ne put plus se tenir. Elle devint pâle. Elle regarda Marie, elle regarda D'Artagnan, elle regarda son homme et, on ne sait à qui des trois, elle lança :

– Toi ! Je t'emmerde !

Elle avait crié fort. Fût-ce à cause de ce mot ? Tout à coup, dans la cave, il y eut un grand tumulte : Fernand sauta sur ses jambes, D'Artagnan sauta sur ses jambes et, après lui, les autres. Elle eut le temps de voir la béquille de Louis, le Roi des Mecs, s'envoler vers la lampe et vlan ! sur ses grosses fesses, elle s'étala par terre.

Que s'était-il passé ? Quand on ralluma, Zonzon restait toujours par terre. Elle n'était pas même pâle. Sa tête pendait un peu. Elle avait un grand trou rouge dans le blanc du corsage…

Pauvre Zonzon Pépette !

II

BETSY-L'ANGLICHE

Il est peut-être idiot de commencer la vie d'une femme par sa mort, mais enfin si l'on vit, c'est pour qu'on meure.

Et même, c'est comme on vit, que l'on meurt.

En ce temps Zonzon ne pensait pas à mourir. Elle était avec Valère, un petit homme amusant qui ne regardait pas trop à la galette. Un jour, avec Betsy, elle fit un type. Il les avait prises, Betsy pour la causette parce qu'elle était Angliche, Zonzon parce qu'à défaut de mots, les Françaises ont, au lit, beaucoup de gestes. Il se proposait de faire un tas de choses, mais comme toujours, à peine satisfait de l'une, il n'eut plus envie de l'autre et préféra s'endormir.

Il avait commencé par Zonzon, c'est plus flatteur. Betsy au fond, lui au milieu, elle se trouvait à l'entrée du lit. Quand elle entendit qu'il ronflait, il ne lui fut pas difficile de se lever pour voir, dans ses poches, si elle ne trouverait pas un petit supplément. Il ne s'était guère montré généreux : trois couronnes à Betsy, trois à Zonzon. Et encore, après beaucoup de manières !

Dans une poche de la culotte, elle ne trouva rien. Dans une autre, une clef, puis le porte-monnaie : il n'y avait qu'un shelling.

— Merde, pensa Zonzon Pépette.

Quand ce fut le tour du veston, où l'on trouve le portefeuille, cette rosse de Betsy, qui la surveillait, se leva pour prendre sa part.

— Vieux chameau ! pensa Zonzon.

Elle n'avait pas l'habitude de marcher avec l'Angliche. Elle avait accepté, parce que cela se trouvait ; mais, pour le travail à deux, elle préférait une camarade plus accommodante et, surtout, moins maigre que cette maigre d'Angliche. Tous ces os, ça la dégoûtait un peu.

Ah ! voilà ! Elle tenait le portefeuille. Déjà Betsy avançait ses vilains doigts de squelette.

— Bas les pattes, grogna Zonzon.

Le portefeuille pesait lourd. Comment faire ? Elles auraient pu, l'une ou l'autre, l'empocher pour se le partager au dehors. Mais qui ? Elles ne pouvaient pas davantage le couper en deux. Il fallait bien l'ouvrir. D'ailleurs, le type dormait toujours.

Ce qu'elles virent d'abord, ce fut une enveloppe, avec une lettre, une autre enveloppe avec une lettre, d'autres lettres, des papiers ; mais de billets qu'elles cherchaient, elles n'en trouvèrent pas un.

Bast ! Zonzon n'en fut pas trop furieuse. Il aurait fallu, quand même, partager. Il lui vint une idée ; elle fit :

– Oh ! merde alors.

Tant cette idée lui parut amusante.

Elle n'avait pas encore renfilé sa chemise, elle n'en prit pas le temps. Elle chuchota vers Betsy :

– Dites donc, Betsy.

– Quoâ ? fit l'Angliche.

– C'est, demanda Zonzon, trois couronnes qu'il t'a données ?

– Yes, dit l'Angliche.

– Eh bien, passe-les-moi.

– À toâ ? Pourquoâ ?

– Parce que, répondit Zonzon, parce que je t'emmerde.

Comme ce français n'était pas clair, elle ajouta :

– Si tu ne me les donnes pas, je dirai à ton homme que t'as couché avec Nénest, et pour rien.

– Oh ! No ! supplia l'Angliche.

Et maigre, comme elle l'était, en chemise, sur ses longues pattes, elle dut aller farfouiller dans sa jupe, prendre les trois couronnes et les remettre à Zonzon.

– Maintenant, dit Zonzon, passe-moi les autres.

– Les autres ? Quels autres ?

Zonzon n'avait pas beaucoup de patience :

– Ceux que t'as ! Sinon je dirai à ton homme que t'as couché avec le mien.

Sale putain d'Angliche ! Une seconde fois, en chemise, sur ses longues pattes, elle dut retourner à sa jupe et ramener ce qu'elle trouva : cinq couronnes.

À la bonne heure ! Zonzon compta : cinq plus trois… huit ; plus les trois qu'elle avait, plus sept qu'elle trouva : cela faisait dix-huit couronnes. Elles les mit dans un papier et très vite, avec ses doigts de voleuse, les glissa dans la poche du type.

Puis elle pensa :

– Vieux panné, je t'emmerde !

III

L'ALLUMETTE PREND FEU

Ce fut un mois d'octobre, à l'époque où la France rappelle ses jeunes classes. Joseph, qui avait ses raisons, quitta Grenelle et débarqua à Londres. Il n'en était pas à son premier voyage. Il avait importé déjà, à l'intention des fondeurs, pas mal de babioles. Mais, cette fois, il arrivait pour du bon et amenait sa môme. Il se rendit au Cercle, il dit :

– Messieurs, je vous présente ma môme Zonzon Pépette.

On répondit :

– Ah ! Ah ! Zonzon Pépette.

Et tout fut dit.

Pour le moment, Zonzon Pépette souffrait d'une sacrée jaunisse. Ça la rendait jaune des joues, jaune des mains, jaune de tout ce que de sa viande, elle cachait sous sa jupe. Elle en était fort laide. Même que le grand François, qu'on appelait l'Allumette, après avoir dit comme les autres : « Ah ! Ah ! Zonzon Pépette », se moqua pour lui seul :

– Zut ! la môme à Joseph, elle a une peau d'orange !

Ce qui survint, par la suite, ne lui survint que lentement. Bien pendant huit jours, il ne pensa pas autre chose que :

– Zut, la môme, elle garde sa peau d'orange.

Il avait d'ailleurs à choyer sa môme à lui, une gentille blonde, leste au trottoir et douce, son Tendre Mouton comme il disait, dix fois le jour à bêler :

– Chéri, on s'aime ?

Mais voilà qu'un soir il s'avisa que cette Zonzon avait des joues non plus de jaunisse, mais rouges et tendues, on aurait dit des pommes. Et pas seulement des joues, mais des seins qui tenaient leur place, une bouche qui devait en connaître des choses ! et un fessard acré ! à fatiguer, à lui tout seul, son homme.

Nom de Dieu ! Ça lui entra dans la chair comme une flamme. Le lendemain ça y restait. Et encore plus, les autres jours. Il flambait, François, il voulait la Zonzon, à n'en plus dormir, à s'en gratter où ça le cuisait, à en tanner, pour se distraire, le cuir à sa Lisette, son Tendre Mouton comme il disait, dix fois le jour à bêler :

– Chéri, on s'aime ?

Bien sûr qu'il l'aimait. Mais l'autre ! ces yeux à la Chinoise ! cette bouche de diablesse ! ce paquet de fessard ! ce qu'elle devait sentir la bête ! Il se voyait là-dessus, comme sur une bête. Il en bavait à s'en bouffer la langue.

Et Zonzon, pour les bonnes choses qu'elle avait, n'eût pas dit non. Elle le montrait avec ses mirettes ; cela se voyait à sa façon de se pousser du derrière quand elle passait. Bonne fille. Mais il y avait son Joseph. Pas de plus jaloux que cet homme ; toujours après elle, même au trottoir, au point de rester à bailler, sous les fenêtres où elle faisait les types.

Pauvre François ! Il pensa bien gagner la môme, comme cela se fait entre mâles : au couteau. Mais le couteau, bon contre les autres qui ne sont pas des copains. Il aurait pu aussi se travestir et, sous le nez de Joseph, comme un type, lui emprunter sa môme. Une bonne blague, tandis que l'autre, en bas, tiendrait la chandelle. Mais, après, il aurait fallu casquer, donner à Zonzon de quoi régler ses comptes avec Joseph. Et cela non ! on sait ce que l'on vaut, on n'est pas homme à glisser, même pour la frime, cent sous dans la main d'une femme. Alors, plutôt attendre ! Plutôt gratter sa rogne, être malade et tanner à tours de bras sa gentille Lisette, son Tendre Mouton, comme il disait, dix fois le jour à bêler :

– Chéri, on s'aime ?

Cela finit, tout de même, par s'arranger. À cause d'un mot qu'un policeman comprit dans sa langue, Joseph dut passer huit jours en prison. Un soir au Cercle, il annonça qu'il y allait.

François se trouvait là.

Acré-lazigoula-lazigouillette ! S'il ne dit rien, François, c'est qu'il avait pris l'habitude de se taire. Mais, sous la table, ses pieds dansèrent tout seuls et son poing qu'il lança, il crut bien que, du premier coup, il allait en fendre tout le bazar. Zonzon eût été bête de ne pas comprendre.

Cette nuit-là, il soigna, comme jadis, son Tendre Mouton, histoire de se mettre en train. Mais dès l'aube, il haletait devant la maison de Pépette ; il regarda Joseph partir, grimpa là-haut et alors…

Eh bien, non ! Ce ne fut pas cette fois-là, ni le lendemain, ni aucun des jours de cette semaine. Il vit cela tout de suite : Zonzon était gênée. Elle se trouvait levée, déjà vêtue.

Il dit :

– Laisse-moi t'embrasser, Zonzon.

Elle se laissa embrasser. Il fit :

– Hum ! que tu sens bon, Zonzon.

Et tant qu'il voulut, il pu la flairer. Mais après, quand sa main chercha plus loin… mille dieux ! Ce jaloux de Joseph avait choisi son moment. Il connaissait, dans les plis, le corps de sa môme, car cette garce-là, forte comme elle l'était, quand ça lui prenait, ça lui durait des huit jours ! Et, alors, même un François.

IV

LA SOUPE AU CAMPHRE

Certes, malgré sa déception, François l'Allumette désirait toujours la Zonzon, mais si on lui avait prédit les complications qu'il faudrait, il aurait répondu :

— Pas de ça, Lisette ! Je préfère patienter.

Il retint le jour. Le 3 mai, au matin, il se trouva au nombre des copains qui allèrent en compagnie de la môme, attendre Joseph son homme à la sortie de prison. C'était pour onze heures : et, en effet, à onze heures, plus les minutes qu'il fallut, la porte s'ouvrit et Joseph sortit avec son baluchon. Ceux qui se trouvaient là, remarquèrent aussitôt qu'il avait quelque chose de changé. Il ne marchait pas droit ; il portait sa casquette dans les yeux ; et, avec cela, la mâchoire en avant, il avait l'air furieux. Plus tard on se souvint que, lui, si jaloux, qui tenait tant à sa môme, il ne l'avait même pas embrassée.

Il s'en expliqua, d'ailleurs. Il dit :

— Les salauds ! Y m'ont fait bouffer du camphre !

Un peu après, dans la taverne où ils s'installèrent, il s'en expliqua plus longuement. Il commença :

— Je savais t'y, moi, qu'on m'ferait bouffer du camphre ?

Ensuite il raconta : Les premiers jours, il avait bien remarqué un drôle de goût, à sa soupe. Il avait pensé :

— Bah ! c'est le régime. Une semaine, ça file.

Mais un matin, le troisième, lui si chaud quand il pensait à sa môme, il eut beau y penser, il ne sentit plus rien. Et alors, en avalant sa soupe, il s'était rappelé que, pour les refroidir, on foutait, aux prisonniers, du camphre dans la soupe. Mille dieux ! Pendant cinq jours, tout seul, sans un mot à personne, il avait retourné cette idée : qu'on lui foutait du camphre dans la soupe. Il en était venu à se dire qu'aux prêtres, aux béguines, on foutait aussi du camphre dans la soupe. Et l'idée de manger comme cette racaille l'avait dégoûté si fort qu'il s'était mis à jeûner plutôt que de bouffer leur camphre avec leur soupe. Tonnerre ! Il en avait encore plein la gueule.

On le laissa jurer. Quand il eut fini, les autres, pour le remonter, lui dirent :

– Allons ! Allons !

Et François qui l'aimait, ajouta :

– Mon vieux, je m'y connais : c'est des idées de prisonnier. Maintenant tu es libre. Un bon gin, par là-dessus…

Tout de même, il finit par comprendre qu'il était bête avec son camphre. Il ne se contenta pas d'un gin. Il en prit deux. Il en prit trois. Pour aller plus vite, il vida celui de sa môme.

Elle fut si contente qu'elle ne se retint pas de dire :

– Tu sais, P'tit homme, moi je t'ferai oublier ton camphre !

Elle eut certainement tort. À peine eut-elle lâché ce mot, que Joseph, lançant le poing, recommença :

– Ah ! les salauds ! Ils m'ont fait bouffer du camphre !

À la rue, quand ils sortirent, tout alla de nouveau bien. Il avait pris le bras à Zonzon. Comme s'il la voyait pour la première fois, il demanda :

– Eh ! dites donc ! Comment qu'ça va, ma môme ?

Il fit ensuite :

– C'est t'y qu't'as de la galette pour une autre tournée ?

Bien sûr qu'elle en avait de la galette ! Ils entrèrent dans une seconde taverne. Il était gai. Sa casquette avait retrouvé sa place en arrière. Il commanda le gin. Quand on apporta les verres, il plaisanta :

– J'espère qu'on ne m'a pas mis de camphre, dans cette soupe ?

Et cette fois, sans l'irriter, sa môme put répondre :

– Et puis ! on l'emmerdera ton camphre…

Il comprit ce qu'elle voulait dire et répondit :

– Et vite, encore !

On sortit tous ensemble pour les mener chez eux.

Au coin de la rue, il eut été préférable de ne pas rencontrer cet agent. Joseph l'aperçut. Il marchait en avant. Se tournant vers les camarades, il cria :

– C'est pour un de ces salauds, qu'ils m'ont fait bouffer du camphre !

Heureusement la phrase était longue. L'agent ne comprit pas. De la main, il fit signe :

– Votre chemin est par là.

Après cet agent, ce fut une malchance d'en rencontrer un deuxième. Il avait l'air mauvais, celui-là ! Que se passe-t-il dans le cerveau de Joseph ! Il était toujours en tête et roucoulait avec sa môme. Il la lâcha, marcha droit sur l'autre, tomba sur lui, le coucha par terre et, par-dessus la tête, comme pour une noix, leva le talon. Cela ne fit presque pas de bruit. L'agent saignait. Un deuxième coup le fit saigner davantage ; au troisième, on vit sortir de la tête quelque chose de rouge et de blanc comme un œil.

Enragé de Joseph ! Zonzon le tirait par la veste, les autres le tiraient par le bras, il se mit à genoux pour cogner plus à l'aise. Voyant tout le sang, Zonzon, à son tour, commença de cogner. Ce n'était pas une chose à faire, surtout dans cette rue où il passait du monde. François cria :

– Acré, Joseph, file, les agents ! !

Cette fois, Joseph comprit. Il ressauta sur ses pieds et partit au galop. Mais les autres eurent beau se jeter en travers, puis jouer du coude, puis jouer du poing, il avait du sang plein la culotte, on l'attrapa. Il fallut cinq agents. Au bout de la rue, on l'entendait qui gueulait encore :

– Salauds… bouffer du camphre !

Pauvre Zonzon ! Elle, qui avait compté sur Joseph, sans François l'Allumette, elle aurait dû rentrer seule. Elle avait les mains rouges. Elle était triste. Juste ce matin, le reste étant fini, elle avait changé de linge, en l'honneur de son homme. Elle le dit à François, et François comprit cela. Elle se mit à pleurer, et François comprit qu'elle pleurât. Il dit :

– Faut pas pleurer, Zonzon.

Il dit encore :

– Si je vois que tu pleures, je pleurerai, Zonzon !

… Et voilà pourquoi, malgré son désir, François l'Allumette ne devint pas son petit homme ce jour-là.

V

LE ROI

En ce temps, Zonzon était la petite femme de Joseph qui fut pendu pour avoir écrabouillé la gueule à un flic. Elle arrivait toute neuve de Paris. Elle n'avait plus sa jaunisse et sans parler de François, il y avait à tourner après elle, le gros Louis, dit Louis, le roi des Mecs.

Zonzon gobait les rois. On a beau, Française de France, cent fois avoir gueulé « Vive la République ! », « Vive le Roi ! » vous a quelque chose de plus chaud dans le gosier et l'oreille. Un roi, c'est chic, un roi ça vous monte à cheval, un roi ça vous a le droit de porter un revolver, et quand ça vous arrive à Paris, sans plus se gêner, ça vous colle ses fesses dans les carrosses de la République. Un jour elle avait vu un roi, un vrai, un gaillard à panache. Elle avait crié : « Vive le Roi ! » Elle s'était dit :

– V'là un béguin qu'on s'paierait pour l'honneur.

Louis, il est vrai, ne portait pas de couronne. Quand même, avec un homme moins jaloux que Joseph, la première fois qu'il daigna dire à Zonzon : « Ce qu't'es chouette », elle eût répondu à sa manière :

– Sire, je suis, de votre Majesté, la très humble servante.

En ce temps, Louis n'était pas le borgne traîne-la-patte dont la béquille, un soir, après un mot de Zonzon, servit d'éteignoir à une lampe.

Solide, en maillot, une peau de chat autour des reins, il jouait l'hercule sur les foires. Ses yeux bien à lui, il posait sur le sol des pieds à prendre largement leur place, en pieds de roi. Et s'il grisonnait, un peu, des rouflaquettes, c'est qu'à devenir roi chez des Mecs, il faut plus de poigne et, aussi, plus de temps que chez les peuples, où cela se fait de naissance et, pour ainsi dire, dès avant le bidet.

Comment cela s'arrangea-t-il ? Zonzon n'aurait su le comprendre ; toujours est-il qu'un soir elle se faufila dans un couloir, monta un escalier et seule pour seul, entra dans les appartements privés du roi.

C'était vers le ciel, très haut, à un sixième étage. Pour le moment, le Roi se trouvait sans reine et, par conséquent, sans galette. Il l'accueillit :

– Ce qu'on va rigoler, la môme !

Et Zonzon :

– C'est pas pour dire, mais y en aura !

Il y avait chez le Roi un lit, une table et pour le moins trois pieds de chaise.

– Sieds-toi là, dit le roi.

Il prit pour lui la table. Il trouva de quoi remplir deux verres. En levant le sien, il répéta :

– Ce qu'on va rigoler, la môme !

Et Zonzon :

– C'est pas pour dire : mais y en aura !

Ils commencèrent tout de suite. Il l'enleva à bout de bras, comme une haltère, la fit tourner, la planta sur ses genoux. Et alors, avec ses doigts ce qu'elle toucha, ce fut la poitrine d'un roi. Il l'embrassa et avec sa langue où elle entra, ce fut dans la bouche d'un roi. Il se mit nu et Zonzon, le détaillant, put dire :

– Ce qu'avec mes yeux, je vois, c'est le ventre d'un roi ; c'est les jambes d'un roi ; c'est, avec ses ornements et ses attributs, dans ses poils et sa peau, le corps superbe d'un roi.

De tout ceci, avec ses mots, elle fit :

– Ce qu't'es rien fort, mon gros !

Et lui :

– C'est encore rien, attends voir ce que tu verras.

Il se mit dans le lit, il dit :

– Allons, la môme, amène ta viande !

Et aussitôt avec tout ce que, dans les reins, la poitrine, dans les cuisses, elle avait de viande, elle fut dans l'étreinte du roi.

Merde ! ce que tantôt, elle emmerderait son Roi !

Et c'est vrai : Louis la serra bien fort, il l'écrasa, il souffla, puis répéta :

– Attends voir.

Mais elle eut beau attendre voir, il vint un moment où :

– Zut, ça ne vas pas, finit par déclarer le Roi.

Déçue ? Zonzon ne le dit pas. Mais elle n'aurait jamais cru que ce serait sur ce ton qu'elle crierait : « Merde » dans la gueule d'un Roi.

VI

LE LAPIN

Elle fit ce type sur un banc, près de la Tamise, à l'« Embankment », comme on dit. Elle n'avait pas l'habitude de travailler en plein air. Mais, par cette chaleur, cela valait mieux, après tout, que dans une chambre, sur un lit, où l'on colle. Il était passé minuit : à part eux, au long des quais, il n'y avait personne, aussi loin que filaient les réverbères.

C'était un gros balourd, large d'épaules, sans moustaches, avec de longs poils roux sur les doigts. Il devait revenir d'une fête. Il se montra très excité. Il ne dura pas trois minutes.

Elle n'eut pas de chance. Généralement, pour être sûre, elle se faisait payer d'avance et juste cette nuit, peut-être parce la chaleur abrutit, ou qu'elle ne se retrouvait pas encore bien dans leurs « yes », elle s'était dit :

– Bah ! on s'arrangera plus tard.

Ah bien ouitche ! À peine satisfait, le type se leva comme pour partir. Elle crut d'abord à une farce. Elle le retint par la manche, avec les doigts fit signe :

– Faut payer, mon vieux !

Le type n'eut pas l'air de savoir. Elle dut s'y reprendre et se planter devant lui. Elle ne riait plus. Elle dit :

– Tu ne prétendras pas que t'as rien fait. Allons ! ta galette.

– Go on ! répondit le type.

De quoi ? Elle comprenait assez leur jargon, pour deviner que « Go on » signifiait : « Je ne paierai pas ». Elle n'était pas très grande : elle mit les poings sur les hanches, elle se haussa tant qu'elle put, et sous le nez, lui cria :

– Salaud ! ma galette, ou je t'emmerde…

– Go on, répéta le type.

Il avait fait un crochet. Ne dirait-on pas ? Il lui était arrivé de s'arranger avec des clients ; elle avait bouffé assez de dèche pour la comprendre chez les autres. Mais celui-ci, qui revenait de la fête !…

– Salaud, répéta-t-elle, ma galette, ou je t'emmerde.

Et puis elle avait faim. Elle lui en voulait surtout à cause de son gros ventre. Comme elle le regardait, elle vit qu'il brillait, là-dessus, une chaîne qu'elle n'avait même pas songé à lui prendre. Canaille ! C'est toujours avec ceux qu'on ménage, qu'il arrive des histoires !

Elle devint tout à fait furieuse. Il n'y avait toujours qu'eux, sous les réverbères. Ce qu'elle ferait après, elle ne le savait pas ; mais pour sûr elle allait l'emmerder. Elle leva ses poings pour frapper, l'autre tendit les siens et l'enferma par les bras.

Il serrait fort. Une fois, elle avait dû se battre. Son homme d'alors était intervenu : le type avait fait des excuses. Avec celui-ci, elle ne devait compter que sur elle-même. Elle fit ce que font les femmes quand elles n'ont plus leurs bras. Il cherchait à la renverser ; elle guetta un moment et vlan, donna à la bonne place.

– Humph ! fit le type, qui lâcha tout.

Ce fut au tour de Zonzon : il l'avait prise, elle voulut le reprendre. Elle ne pensait plus à sa galette. Il restait là tout blanc à bâiller après son haleine : elle le saisit au revers et secoua un bon coup ; après, elle secoua plus fort, parce que cela l'énervait, ce grand salaud, qui ne se défendait pas et se laissait aller en ballottant de la tête.

Elle vit qu'en le secouant ainsi, elle l'amenait au bord de l'eau. Elle pensa que la Tamise est faite pour les hommes qui vous emmerdent…

Ce fut presque un malheur : elle n'eut pas besoin de pousser, il y alla de lui-même. Elle le regarda descendre, elle entendit le plouf ! Mais alors, Seigneur ! les mains devant les yeux, elle s'enfuit pour ne pas voir les ronds que ça ferait sur l'eau.

VII

COFFRÉE

On a beau s'y attendre, quand ça vous arrive on est bête, les premières fois surtout ; et pour sa part, quand elle sentit cette grosse poigne sur l'épaule, elle ne songea même pas à se dire :

– Merde, je suis pincée !

Elle l'était cependant, et bien, dans la patte d'un de ces flics qui, à Londres, sont tous des géants. Celui qui la tenait, lui parut plus géant que les autres. Il dit : « Go » et la poussant devant lui, elle se mit à marcher très vite. C'était à Piccadily, un soir, au moment où les rupins entrent à leur « Club ». Il passait plein de femmes, tout le monde put la voir qui de démenait aux prises avec un flic qui avait mis ses gants blancs pour la pousser comme une charrette.

Heureusement, une rue plus loin, ils prirent un cab. Mais presque aussitôt elle ragea, parce que ça la dégoûtait de flâner en voiture avec un flic. Et puis, il lui parut bien que ce salaud lui faisait de l'œil avec la cuisse. Pourtant elle ne dit rien : avec ces gens, il faut se taire.

Ils arrivèrent bientôt : une sorte de prison qu'on aurait cru une église. Elle n'y avait jamais été, on n'en fit pas plus de manières : on lui ouvrit un livre, elle dut y coucher son nom, pas Zonzon, ni Pépette, le vrai, celui qui sert dans les hôpitaux et les cachots ; puis, Zonzon ou Pépette, on vous l'emmena par des couloirs, on vous lui ouvrit une porte, on vous la boucla là-dedans. Crac !

Elle s'en fichait. Pour un type à la Tamise, pour un portefeuille, la prison peut être grave, mais pour ce qu'elle faisait ! Le soir on vous boucle, le matin on vous lâche. Seulement elle avait faim. Elle regarda ce qu'il y avait dans sa cellule : dans un coin, une paillasse ; dans une cruche, de l'eau ; mais de ce qui se mange, rien. Elle pensa :

— Ces salauds, quand ils enferment une femme, feraient bien de soigner d'abord pour sa gueule !

Elle se mit à taper sur la porte :

— Eh ! garçon !

Et sans doute comprit-on. Il vint un homme qui portait une drôle de casquette et lui tendit du pain. Après il ne sortit pas. Elle dit :

— Quoi c'est-y que t'attends ? Faut-y que je t'remercie : eh bien, merde.

Pas mauvais, ce pain. Elle mordit un gros morceau. Demain, quand il la reverrait, qu'est-ce qu'il dirait P'tit homme ? Les « p'tits hommes », ça n'aime pas qu'on vous pince : il y a l'amende, il y a le temps qu'on perd : mais vraiment, ici, il n'y avait pas de sa faute ; c'était la celle au type, un balourd qui l'avait lâchée juste au moment où ils passaient devant un flic : quand c'est comme ça, ça ne rate jamais. Elle l'expliquerait à P'tit homme. Il le savait du reste.

Elle prit une seconde bouchée et pouah ! cette bouchée lui parut du mastic. Elle venait de se rappeler : au moment d'être prise, elle avait aperçu Betsy : cette rosse lui en voulait depuis l'histoire des huit couronnes. C'est elle qui… Tonnerre ! ça ne traînerait pas, elle allait lui arranger son affaire ! Et tout de suite !

Elle se rua sur la porte ; mais sur cette porte il y avait des verrous, autour de cette porte il y avait des murailles et Zonzon comprit : ne pouvoir arranger, tout de suite, à Betsy son affaire, c'était ça la prison !

Elle ne s'en fichait plus : elle se mit à pleurer ; elle pleura d'abord comme pleurent les femmes quand il n'y a plus rien à faire ; puis elle pleura plus fort – de rage ; puis encore plus : de rage de rager parce que c'était de rage qu'elle pleurait.

On ne sait comment toutes ces rages auraient pu finir. Au bruit qu'elle fit, un homme vint regarder ce qui se passait dans cette cellule. C'était celui de tout à l'heure. Il se pencha, il dit :

– Poor woman !

De quoi ? On sait bien ce qu'ils veulent avec leur : Poor woman ! Elle en oublia Betsy. Elle attrapa sa cruche, elle cria :

– Si tu crois que j'accepterai tes cochonneries dans c'trou.

Puis merde pour lui, merde pour Betsy, merde pour tous ; elle colla sa jupe sur le voyeur de la porte et s'endormit sur sa paillasse.

En ce temps, ce n'était pas, à Londres, comme c'est devenu depuis : pas ce qu'on appelle les mœurs, pas de cartes, pas ces chichis de Saint-Lazare qui vous ennuient à Paris. Le matin on vous menait devant un juge. Il disait : « Dix shellings ! », on payait, puis on recommençait.

Cela se passa le lendemain. Seulement sa nuit l'avait tellement abrutie qu'elle n'aurait jamais su dire si ce fut dans la prison ou si l'on prit une voiture.

P'tit homme se trouvait dans la salle. On l'avait averti. De la main, il fit signe « à tantôt » et qu'il n'était pas furieux. Alors elle s'en ficha. Elle laissa parler l'agent, elle laissa parler le juge. Il avait une dent en or. Elle pensa :

– Avec ta dent, tout ce que tu voudras, ce ne sera quand même que dix shellings.

Il finit en effet :

– Ten shellings.

Comme elle n'avait pas d'argent, P'tit homme dut courir en chercher au dehors. Cela dura un peu.

Il était à la sortie. Avant toute autre chose, il dit :

– Bin vrai ! C'est la première fois que je casque pour une môme.

Ce n'était pas sérieux. Quand c'est pour l'amende, on sait bien : l'homme peut casquer – sans déshonneur.

VIII

LE DOCTEUR

Elle ne s'y trompa pas. Il avait la cravate blanche et cet air qu'ils se donnent pour en faire accroire aux malades. Il puait d'ailleurs l'iodoforme : elle connaissait cela depuis la balafre qu'elle avait à son ventre.

Il parlait un français aussi beau que celui de Zonzon. Il dit :

– On fera ça chez moi, petite.

– Ça me botte.

Il la mena dans son cabinet, une grande pièce avec des fioles, des tables, les outils qu'il faut pour le métier.

Là aussi cela puait l'iodoforme. Il s'alla nettoyer les mains. Ce n'était pas l'heure des visites, il dit :

– Nous avons le temps ; petite, déshabille-toi.

Pour Zonzon, ce n'était jamais long : trois agrafes au corsage, deux à la jupe, là-dessous la chemise, puis la peau. Il n'avait pas eu le temps de se sécher les pattes. Elle demanda :

– Où c'est-y qu'est ton lit que je m'y fourre ?

– Monte là-dessus, répondit-il.

« Là-dessus », c'était un de ces fauteuils où l'on bascule les femmes quand il s'agit de les vérifier à l'intérieur.

– Mon vieux, dit-elle, je suis pas douillette : mais je préfère des draps. Y m'dégoûte, ton fauteuil.

– Patience, fit-il, faut d'abord que je t'examine.

Elle ouvrit des yeux !

– Que je t'examine ! C'est-y que j'te parais sale ? Des fois ! Je m'suis lavée aujourd'hui et plus d'une. Si tu crois que t'es le premier !

– Non, dit le type, je vois bien : tu es propre. Tu as la peau fameusement blanche. Mais tu comprends, je suis médecin, je veux voir si tu n'as rien de mauvais, c'est plus sûr.

Du mauvais en Zonzon ! c'était bien la première fois. Elle se fâcha :

– Dis donc. C'est-y de l'amour que tu veux ?

– Bien sûr, fit le type.

– Alors, marche de confiance. Dirait-on pas que j'ai la vérole ? Et toi, si je te fichais sur ta bascule ?

– Si tu veux, dit le type ; moi, avec les femmes, je commence toujours par là. Si tu préfères filer…

– Vrai, grogna Zonzon, pour un Angliche, tu parles bien, mais t'es pas chic.

Quand même elle fit, comme si elle avait pensé :

– Après tout, je m'en fiche !

Elle s'installa sur le fauteuil. Elle s'y mit en rigolade : à genoux, en donnant du fessard :

– C'est-y comme ça ?

– Non, fit-il, d'abord la bouche.

Il avait prit sa tête de carabin qui se gobe. Elle se tourna sur le dos, ouvrant toute grande la bouche. Il regarda là-dedans.

– Bien. Voyons la suite.

Il bougea quelque chose et Zonzon tout à coup se trouva plus bas de la tête que du reste. On a toutes passé par là. Elle dit :

– Tu sais, mon vieux, faudra pas que tu m'chatouilles.

Mais il ne riait plus. Il s'était passé une blouse de toile, il se versa d'une fiole, il s'en frotta les doigts puis les promena sur toutes les places, comme si vraiment elle était pourrie. Elle s'y attendait : il donna droit du nez sur un petit bouton qu'elle avait sur la cuisse : c'était de naissance. Elle blagua :

– Si ça t'intéresse : sur l'autre, il y a le frère.

L'idiot, il y alla. Après il vint avec l'outil à miroir qu'ils ont pour explorer le fond des femmes. Elle fit la bête, elle cria :

– Aïe ! aïe ! quoi c'est-y ?

– Un specouloum, dit-il.

Elle rit parce qu'en France on disait : un « speculhomme ».

Il resta un long moment, l'œil collé, à chercher :

— Dis donc, fit-elle, c'est-y par là que tu crois découvrir l'Amérique ?

Cette fois il se mit à rire. Il avait fini. Il commençait à s'allumer. Elle se leva en jouant du fessard, pour l'allumer davantage. Il en voyait plus que tantôt au spécouloum ! Il s'alla d'abord laver les mains :

— Maintenant, ma chérie, tant que tu voudras, on pourra s'embrasser.

C'est là qu'elle l'attendait. Zonzon savait autre chose que dire : merde. Elle le laissa d'abord sortir de sa chemise :

— Alors, demanda-t-elle, t'as bien vu, j'suis saine de partout ?

— Bien sûr. Tu peux être tranquille. Viens.

— Oui mais, t'es sûr ? Pas de boutons ? Pas de plaques ?

— Rien, fit-il. Mais viens donc.

— En ce cas, répondit Zonzon, je vous remercie, docteur. Vous m'enverrez la note.

Et vite dans sa robe.

Le soir, elle raconta l'histoire à Petit homme. C'était Justin. Il dit :

— T'as bien fait.

Elle avait fait mieux que bien.

— Regarde.

Elle montra le specouloum. Par blague, ils l'essayèrent.

IX

L'APÔTRE

On a la gueule qu'on peut. Avec ses yeux très clairs et sa barbe à frisettes, ce grand maigre ressemblait aux Bons Dieux qu'on voit dans les églises. À cela, elle ne trouva rien à redire. Pour le reste, c'était un type pareil aux autres qui lui payait un verre et, tantôt, la tripoterait sans doute sur un lit, à moins qu'il n'attrapât la flemme et simplement la plantât là. Ce sont des choses qui arrivent. D'ailleurs, il avait payé d'avance : une couronne.

Ce qui est sûr, c'est qu'il aimait beaucoup à causer. Il arrivait d'en France. Il avait pris cinq minutes à le raconter. Il avait dit aussi :

– Mademoiselle, moi, je suis anarchiste.

Et comme Zonzon avait répondu :

– Peuh ! j'emmerde ces gens-là.

il en était à préciser :

– Mademoiselle, quand je dis anarchiste, entendez que je suis anarchiste-chrétien.

– Oh alors ! concéda Zonzon, qui après tout s'en fichait.

On aurait pu croire que, d'accord sur se point, ils s'entendraient, au plus vite, pour le reste. Et pas du tout :

– Mademoiselle, reprit-il, connaissez-vous Tolstoï ?

– Tolstoï, voyons ? Non, elle ne connaissait pas Tolstoï.

Du moins, elle ne s'en souvenait pas.

– En tout cas, fit-elle, tu peux m'amener ce type.

Ce qu'elle disait était simple : l'homme en parut surpris. Il la fixa de ses yeux clairs :

– Mademoiselle, si je vous ai invitée, ce n'est pas pour ce que vous croyez.

– Non ? commença Zonzon. Tu ne penses cependant pas que pour ta couronne…

Il ne la laissa pas finir.

– Mademoiselle, ce que je voudrais, c'est vous faire avoir honte.

– À moi ! dit Zonzon.

On ne lui avait jamais proposé cet ouvrage. Après tout, s'il aimait ça !

– Bon, dit-elle, si tu veux, j'accepte que tu me fasses avoir honte. Mais il faudrait arrondir ton petit cadeau.

Il sortit une autre couronne :

– Ceci, expliqua-t-il, c'est uniquement pour votre temps. Le reste, Mademoiselle, je n'en userai pas. Nous causerons.

Ah ! bon, elle comprenait : on rencontre, parfois, de ces maboules à qui parler suffit, auprès d'une femme.

Elle se cala, bien d'aplomb :

– Vas-y, mon vieux

– Mademoiselle, commença-t-il, je disais tout à l'heure que je suis anarchiste, anarchiste-chrétien. Je devrais dire plutôt anarchiste-amoureux. J'ai pour l'humanité de l'amour plein le cœur…

– Oui, approuva Zonzon.

– Les hommes sont frères, et vous, ô ma sœur, c'est comme ma sœur que je vous aime.

– Oui.

– Ne vous arrive-t-il pas de penser au temps où vous étiez une petite fille innocente et jolie.

– Oui… oui…

Elle le laissa aller : il ne faut jamais contrarier les maboules ; il parlait bien d'ailleurs. Tout de même, comme une fois il avait prononcé le mot « prostituée » et qu'il y revenait, elle pensa se fâcher :

– Mon P'tit, je sais que c'est comme ça qu'on nous appelle à la police. Mais c'est pas vrai. On est, nom de Dieu, une femme avec un cul comme toutes les autres.

– Mademoiselle, dit-il, ne vous emportez pas.

Puis il se mit à parler d'autres choses. D'abord de Jésus, ce bon Dieu des églises, un brave homme, à ce qu'elle comprit, qui n'avait pas refusé de boire à la cruche de la Samaritaine.

Des cruches à la Samaritaine ?

– Oui... oui... consentit Zonzon.

Ensuite, il raconta d'une certaine Sonia...

– Ah ! oui.

... une Russe qui était allée faire le truc en Sibérie...

– Oui.

... parce que son mec, il avait tué une vieille.

– Oui.

– C'était imprimé dans un livre.

– Oui.

Il disait comme ça :

– Vous aussi, vous devriez ressusciter.

– Oui.

– Comme Lazare, Mademoiselle, qui était mort depuis quatre jours.

– Oh ! oui.

– À preuve que ce Lazare puait...

– Oui... oui...

Et toutes sortes d'autres idées auxquelles il n'avait rien à comprendre, puisque c'étaient des idées de maboule.

Après, il en revint à son Tolstoï. Tolstoï qui avait écrit des livres.

– Oui.

– Tolstoï qui...

– Un fameux salaud, pensait Zonzon, puisque t'en as besoin pour t'allumer auprès d'une femme... Oui.

Cela dura bien vingt minutes. Jamais elle n'avait dit tant de « oui ». À la fin, tout de même, il se mit à roucouler, puis à devenir rouge, puis à jouer des prunelles, comme les types quand ils pensent pour de bon à l'amour.

– N'est-ce pas, disait-il, mademoiselle, que je vous ai convaincue ?

– Oui.

– Vous avez compris qu'il existe une rédemption.

– Oui... oui...

– Vous allez devenir meilleure. Je vois cela dans votre regard.

Et, en effet, depuis une minute, elle le regardait au point d'en oublier ses « oui ». Elle dut même, sur ce qu'elle regardait, faire une remarque.

Elle dit :

– Mon vieux ! depuis le temps que j't'écoute, pourquoi qu't'as les oreilles à fout'le camp si loin de la tête ? C'est-y que t'es malade ?

X

LE CIMETIÈRE

En ce temps, Zonzon Pépette faisait le truc à Paris. Elle n'avait pas de petit homme, elle essayait de vivre sans, depuis son dernier, qui était un salaud. Elle habitait en face d'un cimetière, juste devant la grille où l'on entre les morts. Il y avait, alentour, un mur en briques, avec, au-dessus, de grosses pierres plates pour faire le faîte. Elle connaissait ce mur ; depuis des mois elle passait tout du long chaque nuit. Elle s'en moquait d'ailleurs. Elle n'était pas froussarde.

Une nuit, elle rentrait. Il n'y avait pas de lune et peu de réverbères. On y voyait cependant. Le mur était là comme toujours. Elle ne pensait à rien. Et voilà que, le temps de cligner, quelque chose qui, tout à l'heure, ne s'y trouvait pas, s'y trouvait maintenant. On aurait dit une boule. C'était un peu blanc, avec deux trous plus noirs. Zut ! c'était une tête de mort !

On ne pose pas des têtes de mort sur un mur.

– Si que j'aurais bu, pensa Zonzon, je serais saoule. Ce que je vois… je ne le vois pas.

Mais, tout aussitôt, à côté de la première tête, elle en reconnut une deuxième, puis une troisième, puis d'autres, une longue rangée aussi loin qu'allait le mur. Et, comme pour la première, tantôt elles n'y étaient pas et maintenant elles y étaient.

– Si que j'aurais bu, recommença Zonzon, je serais saoule. Ce que je vois… je ne le vois pas.

Et pourtant si. Elle dut même s'avouer autre chose : c'est que toutes ces têtes n'avaient pas d'yeux et, pourtant, la regardaient. Il y en avait de grosses, de plus petites, puis de migonnes, comme des crânes de moutards. Il y en avait bien mille.

– C'est-y, se demanda Zonzon, que tout le cimetière s'a découché pour me voir ? Ce n'est d'ailleurs pas vrai.

Elle voulut rire, et comme elle riait, elle observa que toutes ces têtes riaient aussi, en montrant leurs dents.

Évidemment, puisqu'elles n'avaient pas de lèvres.

Elle rit encore et, presque aussitôt, sans qu'elle les eût vu bouger, ces crânes, qui étaient posés sur le mur, se trouvèrent plus haut, avec, en dessous, un buste de squelette. Ils s'appuyaient sur les bras et la regardaient, comme on regarde par-dessus un mur.

Elle se dit de nouveau :

– Ce n'est pas vrai ! Ce que je vois, je ne le…

Et pourtant si… Elle constata même qu'à mesure qu'elle avançait, ces squelettes s'arrangeaient pour continuer à la voir. Ainsi : quand elle regarda en arrière, ceux qui, tantôt, se tournaient à droite pour la voir venir, s'étaient tournés à gauche pour la voir s'éloigner : ceux d'en face la regardaient de face et, tout là-bas, à l'autre bout, les derniers se penchaient, comme quand on veut voir plus vite quelque chose qui approche.

Tout de même, elle se mit à courir ; elle arriva à hauteur de la grille, et, derrière, il y en avait d'autres, de tout entiers, massés jusqu'au fond de l'avenue. Les premiers s'accrochaient aux barreaux, avec leurs doigts en os.

Elle se disait :

– Non, je ne les vois pas.

Et pourtant, si qu'elle les voyait. Elle se répétait :

– Non que je ne les vois pas.

Et encore, si.

Elle atteignit sa porte, et, lorsqu'avec sa clef, elle chercha la serrure, il est vrai, elle ne les vit plus, mais elle les sentit dans son dos. Ils étaient comme des types qui attendent qu'on ouvre, ils la poussaient au coude, ils la poussaient si fort que sa main tremblait et qu'elle se dit :

– S'ils entrent, le pipelet, ce qu'il en fera du chambard !

À la longue, elle trouva la serrure et leur claqua la porte. Mais, quand elle se boucla dans sa chambre, ils étaient là avant elle. Il en arrivait par la fenêtre ; ceux qui entraient, en appelaient d'autres ; et ils s'amenaient tous de la même manière : les doigts qui s'accrochaient à l'appui, leur crâne se montrait, leurs pattes qui se levaient pour enjamber. Seulement, quand ils sautaient, cela ne faisait pas de bruit.

Elle aurait voulu se dire encore… mais il en venait toujours. Ils se tassaient autour d'elle ; ils formaient un cercle, un plus grand cercle, puis d'autres, de plus en plus grands et de plus en plus loin. Elle se trouvait au milieu, et tous, montrant les dents, la regardaient.

Et pourquoi eût-elle pensé encore à son pipelet ? Sa chambre n'était plus une chambre. Il n'y avait plus de meubles. Il n'y avait plus de murs. Il n'y avait plus que des squelettes, plein comme sur une grand'place, et, au milieu, elle, qu'ils regardaient.

Et, nom de Dieu, non qu'elle ne les voyait pas ! Et pourtant si. Ils la bousculaient. Ils la poussaient aux reins, ils lui touchaient les fesses, pendant qu'un grand la travaillait, avec un os.

Les autres attendaient leur tour. Ils la serraient comme on vous serre dans une foule. Elle se disait encore :

– Ce n'est pas vrai…

Et pourtant si… Même qu'à un moment, elle pensa :

– J'en ai assez, je vas me fiche par terre.

Et, serrée comme elle l'était, elle ne parvint pas à tomber par terre…

XI

À LA FOIRE

Ceci se passa quelques jours après son aventure du cimetière.

Le trottoir donnant mal, Zonzon en eut assez et voulut redevenir une honnête femme. Elle alla se présenter dans une loge de foire où l'on demandait quelqu'un.

Il s'agissait d'un homme :

– À cela près, fit Zonzon.

Bon ! On la fourra sous une table, avec un trou ; elle y entra le cou ; il y avait un jeu de glace, un fond tout noir : quand le rideau se leva, les gens eurent devant eux, avec ses yeux, ses boucles et sa grande bouche, la tête coupée frais de Zonzon. On connaît le truc.

À la vérité, la première fois, il réussit très mal. À cause de la concurrence, le patron l'avait avertie :

– En face, il y a un Décapité Parlant ; toi, tu ne diras rien : tu seras la Décapitée Muette.

À peine sous sa table, elle sentit dans la peau toute espèce de raison de bouger. Et puis, il y avait un type qui s'amusait à lui souffler la fumée de sa pipe. Les spectateurs ne comprirent jamais pourquoi cette décapitée qu'on annonçait muette, loucha tout à coup vers le bout de son nez en leur tirant une grosse langue.

Mais, aux séances suivantes, elle avait eu le temps de s'étudier : Comment se contenir ; où se rendre pâle avec du noir et de la poudre, comment prendre l'air mort, les lèvres ouvertes, un œil tout grand, l'autre fermé.

Et cela marcha. Des femmes filaient tout de suite ; les autres se taisaient comme devant un mort. Elle pensait :

– Sont-ils bêtes.

Mais, quelquefois, ces yeux fixes, ce silence, elle s'effrayait elle-même et devait s'assurer, sous la table, qu'elle était, quand même, autre chose qu'une tête sans corps.

À la longue, cela vous rend impressionnable. Elle eut une aventure, ou plutôt deux, mais la première ne compte guère.

La première lui survint à cause de la Canette, une vilaine rousse qui faisait la femme-poisson et intriguait pour lui chiper sa place.

Un jour, le patron à son boniment, Zonzon à sa toilette, quelqu'un se faufila jusqu'à la table et, autour du trou, sema du poivre. Acré ! Zonzon crut bien que son nez allait partir comme une bombe. Mais on est artiste ou on ne l'est pas. Elle se contint jusqu'à la fin, puis elle sauta chez la Canette :

– Ah ! tu m'as fourré du poivre !

– Non ! que j'tai pas fourré du poivre !

– Si qu'tu m'as fourré du poivre !

Et, vlan ! avec ses pieds, avec ses poings, elle l'envoya éternuer au fond de sa baignoire.

Sale rouquine ! Ce n'était même pas elle.

Alors, pour l'aventure suivante, elle aurait dû se tenir sur ses gardes. Mais, quand ça commence, on ne sait jamais.

Ce ne fut rien d'abord. Le rideau levé, sa tête en place, Zonzon jeta un coup d'œil comme toujours. Elle le remarqua très vite : au second rang, un petit garçon était distrait. Il ne regardait pas la tête ; il regardait, à côté, la toile qui formait le fond alentour ; il devait y avoir aperçu quelque chose. Quoi ? Après tout, c'était son affaire. Mais :

– Si tu ne te dépêches pas, t'en auras pas pour ton argent, pensa simplement Zonzon.

Une seconde après, elle y revint. Petit nigaud ! croyait-il vraiment que c'était le fond et pas la tête, le spectacle. Il le regardait toujours et, ce qu'il y avait de drôle, il ouvrait, pour le voir, des yeux tout grands, comme les autres pour regarder la tête.

– Si que j'osais, je tousserais.

Puis, de nouveau, elle pensa ailleurs.

Mais voilà qu'à la troisième fois, le petit ouvrait encore plus grands les yeux et regardait toujours le fond. Acré ! s'il s'obstinait ainsi, c'est qu'il voyait là quelque chose d'effrayant. Et ce quelque chose se trouvait bien près de sa propre tête, là, à sa gauche, au point de le sentir contre son oreille. Quand on respire du poivre, on sait, on se domine : mais ici, cette chose si près et qu'elle ne pouvait voir !

Elle essaya pourtant de se raisonner :

– Gn'a rien. Si qu'il y avait quelque chose, les autres aussi le verraient.

Et voilà qu'en ce moment un spectateur se pencha vers sa voisine et, que pouvaient-ils dire, sinon :

– Voyez donc ! Qu'y a-t-il là, derrière la tête ?

Près de la porte, un vieux aussi regardait derrière la tête, une femme aussi, d'autres : Acré ! toute la loge l'avait oubliée pour regarder ce qu'il y avait derrière la tête. Elle resta une minute à attendre si la chose allait frapper ou bien mordre ; elle pensa ce que l'on voit, lorsqu'on rentre le soir au long d'un cimetière ; et ce fut plus fort que tout ; sa tête tourna d'elle-même, et :

– Aaah !

XII

LE BRILLANT

– Ce qu'ils sont beaux, Zonzon !

– Bin oui.

– Et longs, Zonzon.

– Tu trouves ?

– Et puis, ce qu'ils sont doux !

– Pen-ssses-tu.

Elle rigolait ; mais, au fond, ses cheveux elle en était très fière.

Un soir elle vint au Cercle et plus de mèches, plus de boucles, plus de chignon ; des bouts de rien, une tête, on aurait dit coiffée à coups de sabre.

– C'est un salaud, déclara Zonzon.

Et ce fut tout, car elle était furieuse.

Plus tard, pour Petit homme, elle raconta :

– J'avais bien vu que c'était un maigre, mais quoi ? s'il fallait se méfier de tous les types qui sont maigres !… Toi aussi, t'es maigre. Et d'ailleurs, il eût été gros…

« Je fais mon clin d'œil, je passe devant, il me reluque, puis, tout de suite, il me vient derrière, comme quand ça mord. Dans une rue, plus loin, il me baragouine quelque chose. Il portait une belle bague :

« – Je ne te comprends pas, que je dis, mais ce sera a pound.

« – Yes, a pound.

« Il me mène dans sa chambre. Ce qu'était son métier, je sais pas : il traînait là des ciseaux, des pinces, des crochets, toute espèce d'outils. Sitôt là-dedans, il va dans un coin et commence par retirer sa bague. Il la met sur la table.

« – Bon ! que je me dis.

« Puis je m'arrange. Quand je suis sur mes bas, je vais tourner du côté où qu'il avait mis la chose. Gn'vait un gros brillant.

« – Dites donc ! qu'il fait le type.

« Je sursaute, parce que je pensais à la bague.

« – T'as de beaux cheveux, qu'il dit.

« – Tiens ! que je m'étonne, t'es donc pas un Angliche ?

« – Si, qu'il dit… Mais pour tes cheveux, ils sont vraiment fort beaux.

« – Ça, que je réponds, oui et pas en toc, ni en peinture.

« – On peut toucher ?

« – Touche, que je dis.

« Il passe la main comme si qu'il caressait un chat.

« – C'est vrai, qu'il dit, ils sont vraiment très beaux. Mais, ton chignon, tu ne voudrais pas le défaire ?

« – Ça… que je réfléchis. Après, gn'aura le coiffeur ; faudra que tu rajoutes cinq shellings.

« – Et dix qu'il dit.

« Bon, puisqu'il aimait ça. Je me cale sur une chaise. Près du brillant tu penses. Je défais mon chignon, je déroule mes tresses, j'en mets un peu devant, le reste derrière. Que j'en étais vêtue jusque sur les fesses ! Le type, il fallait voir ! Il devient bleu, il prend une touffe et s'en frotte les mains ; une autre touffe : il s'y fourre le nez. Puis il s'en verse sur le corps, comme s'il nageait là-dedans.

« – Hum ! qu'il s'ébrouait, qu'ça sent bon ! Et puis qu'c'est doux ! Et puis qu'c'est chaud !…

« Moi, tu penses, je te laissais faire, je lorgnais le brillant. Je le guettais du coude. Je me disais :

« – Va, mon bonhomme. Tantôt, quand tu m'appelleras au pieu…

« Ah bien, ouiche ! Il se baignait toujours et voilà que, tout à coup, à s'ébrouer, il retrouve son angliche. Il se met à crier : « My sweet ! my little ! », puis à flageoler des jambes, puis à tourner de l'œil comme ils font tous, quoi ? Je sais bien, les hommes c'est des salauds ; mais, je pouvait-y penser qu'il en avait à mes cheveux ?

« Après, il reste là, tout maigre, avec des yeux d'idiot. Je suis encore bonne. Je lui dis :

« – T'es fatigué. Assieds-toi et passe-moi mes shellings.

« – Quels shellings ?

« – Les dix, que je dis : ceux du coiffeur.

« – Quel coiffeur ?

« Il jouait la bête, tu comprends ? J'avais pas la patience, et puis je n'allais pas lui donner le plaisir de me recoiffer devant cet homme ! Alors, v'lan, ce qu'avec des ciseaux je lui ai laissé pour compte cette perruque !

– Et la bague, Zonzon ?

– En les coupant, mes cheveux étaient tombés dessus. Et moi, des cheveux qui ne sont plus sur ma tête, je ne touche pas ça.

XIII

KIKI LE BOITEUX

À cause d'une mauvaise jambe, on peut ne pas être apte au service militaire et quand même préférer Londres à Belleville.

– Que voulez-vous, qu'il aurait dit, moi j'adore Londres.

D'ailleurs, on ne l'interrogeait pas. Il existe, n'est-ce pas ? d'autres inconvénients à chérir sa patrie bien-aimée. Si ce n'est pas l'armée en bloc, c'en est une partie : les gendarmes. Ce sont ces curieux : les juges. C'est, des fois, celui qu'à Paris on appelle : le Monsieur de Paris : le mec immortel de la Veuve.

Zut ! Kiki n'aimait pas Paris, parce qu'on y boite moins à l'aise que sur les trottoirs de Londres.

Kiki boitait, mais pour le voir il fallait qu'il marche. Il était jeune, avec une figure taillée fine, qu'il appelait sa « gueugueule ». D'un peu de cosmétique de la langue, il plaquait là-dessus, deux jolies mèches aux côtés, une autre sur le front, au milieu. Il n'aimait pas le faux-col. Pour le reste, il se vêtait, à peu près, comme tout le monde : une veste très ample, ce qui est, à sa convenance, chaud l'hiver, frais l'été ; puis une culotte à pièces dont il se dispensait de retrousser le bas des jambes, parce qu'elles étaient déjà courtes. Il lui arrivait de porter deux chaussettes de même couleur. Quant au gilet, bast ! car, pour le gilet, il faut une montre. D'ailleurs, ce n'est pas vilain, directement sous la veste, un peu de bleu de la chemise, ou bien, sans ce bleu, un bout de peau en satin rose.

Ainsi vêtu, la casquette dans les yeux, Kiki se mêlait au grand monde. Le jour, il ouvrait les portières aux belles dames qui arrivent en voiture. La nuit, il ouvrait d'autres portes, qui n'étaient pas précisément des portières. C'est pour cette raison qu'il chaussait volontiers des espadrilles.

Tel que, si, le jour où Zonzon ne revint pas au Cercle, on lui avait dit : « Mon vieux, c'est toi qui retrouveras la môme », il aurait blagué : « Bin vrai » et n'en aurait rien cru. Il y avait huit jours depuis Zonzon. Lorsqu'après huit jours, ni malade, ni coffrée, une môme reste partie, t'as beau jouer l'inquiet, François, son homme, on sait ce que ça veut dire. Pax vobis, chantent les curés, et Motus ! Pax vobis, pauvre Zonzon.

Pourtant ce soir-là, devant cette pâtisserie, derrière la glace de ce beau coupé, cette grande bouche, ce trognon de nez, ces yeux à la chinoise, il eût juré Zonzon Pépette. Il se dit : « C'est pas possib… » tant il y avait de plaqué là-dessus et puis du rouge ! et puis de la poudre ! et puis encore du noir ! Mais après, il dut bien en convenir :

– Acré ! c'est elle tout de même !

C'était bien elle. Zonzon se trouvait seule dans sa voiture.

Elle allait en sortir. D'abord elle n'aperçut pas Kiki. Elle avait trop de peine à pousser hors de la portière tout un bazar de plumes et de rubans qui formaient un chapeau sur sa tête. Et puis, ce sacré marche-pied qu'elle ne trouvait jamais !

Mais, dès qu'elle eût reconnu Kiki, ce fut comme si, durant cette huitaine, elle avait médité : Je ferai ceci. Houp ! elle rentra dans son coupé : « Monte » ; elle le fit entrer, et quand il fut auprès d'elle, par un tube exprès pour cela, elle cria : « Atchoum ! » ce qui, pour son anglais de cocher, signifiait :

– À la maison !

Ce que ces huit jours elle avait dû s'asseoir sur sa langue ! On ne roulait pas encore qu'elle avait déjà dit :

– Tu vois, je ne suis pas morte ; je m'emmerde.

Et, aussi, qu'elle voulait savoir comment allaient les copains, s'ils parlaient d'elle, s'ils se réunissaient toujours, quelle gueule, en ne la voyant plus, son homme avait faite.

Ensuite elle raconta : Un soir, elle avait raccroché un type, un très chic, peut-être un lord ; il l'avait ramenée dans un « flat » qu'il tenait pour ces choses ; qu'il la gâtait ; qu'il l'aimait, parce qu'il pouvait faire avec elle « tu sais leurs saloperies à l'anglaise » ; qu'il lui avait dit :

– Je dis, mon môme, aussi long tu voudras, aussi long tu resteras.

Quand elle eut fini, pour bien faire comprendre que cette vie l'emmerdait, elle a dit :

– Tu comprends, mon vieux, que cette vie m'emmerde !

Après elle parla encore : Elle avait songé à avertir son homme ; elle avait même écrit ; sa lettre se trouvait quelque part, mais elle ne l'avait pas envoyée à cause que, dans ce sale Londres, on n'est pas fichu de retenir le nom de la « street » où l'on perche.

Sacré Zonzon ! Kiki ouvrait grand les yeux. Elle en avait une de robe ! En soie, avec des rubans ! Et aux doigts des bijoux ! Un collier sur le cou ! Et ce chapeau, mazette ! à remplir, à lui seul, la voiture !

Il se tenait là-dessous, comme sous un arbre. Il la reniflait, tant elle sentait bon, il y mettait les lèvres pour savoir si elle goûtait si bon qu'elle sentait :

– On peut ?

Et elle :

– Pour sûr ! Depuis le temps que je m'emmerde !

Quand ils arrivèrent chez le lord, ce fut bien autre chose. Il y avait un vestibule.

– Viens, dit Zonzon.

Et Kiki dut venir ! Kiki dut entrer !

– Mince ! mince !

Il boitait à tomber, tant il voulait marcher droit. Heureusement il étrennait des espadrilles et, sous sa veste, il avait mis sa poitrine en jolie peau, également toute neuve.

– Viens, disait Zonzon.

Après le vestibule, il y eut un ascenseur avec un groom. Il y eut une antichambre. Il y eut un salon. Il y eut d'autres salons ; avec des tapis, des chaises, des armoires, des glaces, des rubans pour les jeunes filles, des flacons comme pour les cocottes, et mille autres choses à vous donner une semaine de besogne pour emporter.

– Mince ! Mince !

Et, boitant à tomber, lorgnant à droite, lorgnant à gauche, Kiki construisait, en petit, dans son cerveau, un logis avec des pièces pareilles, où pousser les espadrilles plus tard, quand la camarade n'y serait plus.

Le plus beau, ce fut dans la dernière salle. Il y avait une table avec dessus des assiettes, des verres ; des séries de verres ! Et des fruits dans des corbeilles ! Du vin dans des carafes ! Et des machins remplis de choses, comme on reluque chez les pâtissiers !

– Tout ça m'emmerde, dit Zonzon.

Comme il restait debout, elle le poussa dans une chaise ; et cette chaise était si douce qu'il pensa bien que son cul allait passer à travers.

Puis elle dit :

– Attention, je vas sonner au lord.

Il n'eut que le temps de vérifier, dans sa poche, qu'il avait le nécessaire.

C'était, vraiment, un lord : grand, mince, assez vieux et, puisqu'on était au soir, en habit. Il fit trois pas : un... deux... trois... comme s'il les comptait.

– Gare, pensa Kiki, ce qu'il va me fout'à la porte.

Et, pas du tout. Quand il eut aperçu Kiki, il regarda Kiki, il regarda Zonzon, puis, de nouveau, Kiki et Zonzon.

Elle ne fit pas comme celles qui disent :

– Mon cher, je te présente mon cousin.

Ou :

– Mon cher, c'est mon frère qui arrive de Paris, rapport à notre mère qui crève.

Elle dit :

– Mon gros, c'est Kiki.

D'ailleurs elle compléta :

– Y bouffera avec nous.

Quel drôle de lord ! Il ne dit pas « oui », il ne dit pas « non ». Il s'inclina devant Zonzon ; il tourna sur les talons et… une… deux… trois… il disparut derrière la porte.

– C'est-y, demanda Kiki, qu'il est muet ?

– Non, fit Zonzon, il rage.

Tant pis pour le lord ! Puisque la table était servie, ils bouffèrent sans lui. Kiki mangea les fruits qu'il y avait dans les corbeilles ; il but le vin qu'il y avait dans les carafes ; il croqua les choses qu'il y avait dans les machins.

Après, il s'aperçut qu'il aurait dû commencer par le homard qu'il y avait sur de la salade. Il croqua la salade qu'il y avait sous le homard, puis le homard qui restait après la salade, puis un poulet qu'on trouva sur un plat.

Ce qu'il était fier, Kiki ! Assis dans la chaise du lord, il buvait dans le verre du lord ; il se torchait la « gueugueule » à la nappe du lord ; il avait mis le pyjama du lord et après, comme il était vraiment milord, il chatouilla sa môme aussi bien que l'eût fait le milord.

Au moment de filer, Kiki montra qu'il appartenait réellement au grand monde. Il ne voulut aucun des bibelots qui traînaient dans la maison d'une camarade. Il se contenta de quelques sucreries, histoire de se garnir les poches, et, pour avoir plus de poches, il garda celles qui se trouvaient dans le pyjama du lord. Il prit aussi un peu de pain et, dans ce pain, le modèle vraiment curieux d'une serrure.

Puis il dit :

– Au revoir, duchesse…

Pour Zonzon, cette histoire eut la fin qu'elle voulait. Elle dormit seule ; le lendemain, milord entra. Il n'avait pas d'habit, puisqu'on était au matin, mais il compta ses pas, comme s'il l'avait. Il en fit huit.

Il dit :

– Mon môme, je ne veux plus de vô…

– Yes, fit Zonzon.

Il lui remit d'ailleurs plus que son dû. Il ajouta :

– Gâdez, aussi, le robe. Gâdez le mèle. Gâdez tô… Nô, pas le voitioure.

Elle ne dit pas :

– Merci.

Tout de même, il était gentil. Elle voulut trouver quelque chose. Elle montra les flacons, montra les rubans, montra toutes ces choses fades qui l'avaient emmerdée. Elle dit :

– Mon lord, ici, faudrait tenir une levrette… Nous, vois-tu, on est des loups.

– Yes, fit le lord.

XIV

LA SONNETTE !

Elle n'en avait pas l'habitude, mais pour cette fois, comme Justin son homme en était, elle ne refusa pas. Elle eut même beaucoup de plaisir parce qu'on l'attifa d'une de ces drôles de robes, à longs voiles bleus, avec des machins blancs au bout des manches, ce qui lui donna, tout de suite, un air de gouvernante anglaise. Seulement, son fessard, ce qu'il serait là-dedans !

Elle comprise, ils étaient cinq : Justin, son homme, François l'Allumette, Kiki le Boiteux, Gros Jules. D'Artagnan avait promis de venir. Au dernier moment, il envoya sa môme : qu'il était malade. Tant mieux, elle ne l'aimait pas celui-là. Ils partirent aussitôt. Il s'agissait d'aller loin, à l'autre bout de Londres, où sont les maisons tranquilles, avec un jardin sur le devant, et des feuillages, tout plein, le long des façades.

Comme de juste, ils ne marchèrent pas en groupe. Gros Jules fila devant avec les sacs : les autres, les mains vides et les poches si plates qu'on n'aurait pas su dire ce qu'elles portaient. À cause de son carnaval, Zonzon dut marcher seule. Ils se rejoignirent d'ailleurs plus loin, dans le même omnibus, mais sans se reconnaître. Même que Zonzon faillit gâter tout, tant elle les fit pouffer, avec ses mines d'Anglaise dégoûtée de se trouver avec des gens de leur sorte.

Aussitôt arrivés, ils redevinrent sérieux. Il leur restait une demi-heure ; ils ne firent pas comme ces maladroits qui se dénoncent en rôdant, par les rues, avant l'ouvrage. Ils savaient ce qu'ils voulaient. Ils avaient tout prévu. Ils s'étaient entendus avec Louis-le-Cocher, un ancien copain, dont la voiture passerait les prendre la demie après une, pas plus tôt, pas plus tard. En attendant, ils se dispersèrent, les hommes, par deux, dans des tavernes, Zonzon de nouveau seule et à la rue. Le temps lui parut long : les gens avaient l'air de se dire :

– Que fait donc, si tard, cette gouvernante ?

À minuit, ils se retrouvèrent. Ils avaient une heure et demie, juste le compte. Tout se passa comme ils l'avaient prévu. La maison était vide. On n'entendit pas de chien. Grâce à leurs serrures de sûreté, les portes s'ouvrirent, pour ainsi dire, d'elles-mêmes.

Eux là-dedans, Zonzon dut veiller au dehors. On lui avait expliqué : elle n'avait qu'à se promener, voir si personne n'arrivait et, au besoin, comme une domestique qui se dépêche, sonner une fois s'il venait un agent, deux fois pour deux agents, tout un carillon, s'il en survenait plusieurs. Le reste, filer ou se défendre, ça regardait les hommes.

Elle eut tout le temps de se dire :

– Merde, merde, ce que je m'emmerde !

Dans ces rues, passé minuit, il ne passe jamais personne. Il ne passe qu'un type ; elle crut un instant en tirer son profit pour s'occuper : c'eût été drôle, mais ce n'était pas le moment.

La demie après une, en même temps que s'amenait la voiture, un gros sac silencieux sortit sur un dos d'homme, puis un deuxième, puis encore deux : chacun avec le sien. Après il en vint un cinquième qu'ils durent traîner à quatre tant il était lourd. Ils avaient calculé juste : les tiroirs s'étaient gentiment ouverts, l'argenterie se trouvait en place et, pour le coffre-fort, il n'avait pas fait plus de manière qu'il ne sied à un honnête coffre-fort de bourgeois.

Les femmes, ça n'est jamais sérieux : pour que ce fût tout à fait chic, Louis avait attelé sa plus belle voiture et mis sa livrée de gala. Les colis en place, ils allaient s'embarquer, quand Zonzon, dont les doigts s'étaient enragés à ne rien faire, voulut de toute force faire quelque chose. Elle dit :

– Zut ! je vas sonner à l'agent.

Ils pensaient à la retenir qu'elle filait déjà. Elle tira un gros coup ; puis un autre, puis tout un carillon, et avec tant de force que des fenêtres auraient pu s'ouvrir.

Quand même, grâce aux chevaux, on détala à point. Avant le jour, ils étaient au cercle pour se partager les ballots. En plus de sa part, Zonzon reçut, en cadeau, un lot de chemises que Justin avait réservées pour elle. Ils furent tous d'accord : malgré la sonnette, elle leur avait rendu un fameux service.

Ce jour-là, tant il était content, son homme, au dodo, lui apprit quelque chose qu'elle n'avait jamais su.

Cela n'avait aucun rapport : ils appelèrent cela : « Sonner à l'agent. »

XV

CHICHE

Ils avaient combiné la partie entre eux, les cinq de l'autre jour : Zonzon, Justin son homme, François qui la voulait toujours, Gros Jules, Kiki.

– Pas de femmes ! avait dit Zonzon.

Quant à D'Artagnan, il avait été malade pour l'ouvrage, il n'avait qu'à crever pour la fête.

On avait rigolé dès le chemin de fer. On avait chanté ! On s'avait baigné dans la Tamise – et Zonzon la première, même que François avait juré : « Mazette ! » en lorgnant de si près sa balafre sur le ventre. Après, pour prouver, elle avait pompé, à elle seule, le vin qu'il y avait dans trois bouteilles ; puis on avait dîné.

Arrivés dans ce pré, ils firent ce que Zonzon proposa :

– Si qu'on faisait la vache ?

Ils s'étalèrent.

Il faisait chaud, il y avait de l'ombre. Ils étaient un peu gris. Depuis son « Mazette », François semblait bouder :

– Hé ! la môme ! fit tout à coup François.

Zonzon, sur le dos, suçait une orange. Elle avala son jus :

– Tiens ? Tu renais ?… Qué qu'y a ?

Il ne répondit pas tout de suite. Il avait son idée. Il fit signe aux autres :

– Attention ! on va rire.

Puis il revint à Zonzon.

– Rien.

– Alors, pourquoi que tu me sonnes ?

– Je n'te sonne pas, dit François. Mais je pense que nous sommes, ici, quatre…

– Cinq ! rectifia Zonzon.

– Oui, cinq, si je te compte. Mais je parle des hommes.

– Dis donc ! fit Zonzon. C'est-y que je n'vaux pas mon homme ?

– Voire… dit François.

Il en resta là. Il prit une cigarette :

– Hé, Jules, du feu !

Ce fut Zonzon qui revint :

– Dis donc, François, qué qu'c'est qu't'as voulu dire avec ton « voire ».

– Moi ? s'étonna François. Rien.

– C'est-y, insista Zonzon, que je ne vaille pas mon homme ?

— Voire... dit de nouveau François.

Du coup, elle se cala sur son derrière. Les autres rigolaient. Elles les regarda tous :

— Vous saviez bien que je n'ai pas peur d'un homme, ni d'deux, ni d'trois, ni d'quatr', tas de fainéants que vous êtes.

Elle se fâchait : cela prenait bien. Ils pouffèrent. Puisque François avait commencé, c'était à François à poursuivre :

— Oh ! je sais ; quant aux bras, tu les as solides ; mais pour le reste !

— Le reste, s'étonna Zonzon. Quel reste ?

— Tout, expliqua François. Une supposition que l'aut'jour, au lieu de rester dehors, tu nous aurais suivis. Qui qu't'aurais fait ?

— Bé !... comme vous autres. J'aurais rempli les sacs.

— Bon. Une supposition qu'au lieu de veiller à l'agent, t'aurais pu, comme nous, rencontrer cet agent. Qué qu't'aurais fait ?

— Tu parles trop !... En tout cas, pas décampé, comme vous l'auriez peut-être fait, tas de fainéants que vous êtes !

— Il est quelquefois plus dur de fuir, observa François... Mais une supposition qu'au lieu d'être ici les trois fainéants qu'tu dis et ton homme, nous le soyons tous quatre, ton homme. Qué qu'tu ferais ?

— Moi ! fit Zonzon.

— Oui, qué qu'tu ferais ?

– Mais… j'ferais avec quatre, ce que je fais avec un.

– Voire, dit François.

Ils éclatèrent, et Justin plus haut que les autres. Tout de même, après réflexion, il parut inquiet :

– Écoute, vieux, c'est pas des choses à dire. Et toi, Zonzon, fourre ta langue dans ton orange !

– T'es bon, toi ! dit Zonzon.

Elle se tourna vers François :

– Ne blague pas. C'est-y que tu prétends que je n'pourrais pas être la femme de quat'z hommes ?

– Heu ! douta François.

– C'est-y qu'tu crois que je n'serais pas d'force ?

– Heu ! répéta François.

– C'est-y que tu veux dire que j'en aurais, avant vous autres, mon compte ?

– Heu ! dit encore François.

– Eh ! bien ! fit Zonzon, chiche !

Elle était sautée debout.

Quand Zonzon avait dit : « Chiche ! » c'était aussi grave que si elle avait craché par terre, en jurant :

– Que j'en crève.

Tout de même, il rigola :

– Chiche quoi ?

– Chiche, déclara Zonzon, que vous êtes quatre, et que je tiens le coup.

Alors, c'était sérieux ?

– En ce cas, dit François, il nous reste à nous mettre aux ordres de Madame. Si, bien entendu, Justin le permet.

– Permet ou pas, dit Zonzon. Et puisque t'as commencé, tu passeras le premier. Et tout de suite !

– Bon, bon, fit François, en traînant de la voix.

XVI

NIAISERIES

Comme il passait des bourgeois, Kiki, les mains en poche, traînant la patte, alla leur demander si des fois ils ne savaient pas l'heure. Ils décampèrent tout de suite. Il revint en rigolant avec sa bonne gueugueule.

– Bin vrai, ce que je leur ai fichu la pepette.

– Dis donc, protesta Zonzon qui s'appelait Pépette.

Ils rirent.

C'était à la campagne, avec les quatre de l'autre jour. Il y avait tout près la sale eau jaune de la Tamise : elle était bleue. Il ne faisait pas chaud. Il ne faisait pas froid. Il faisait doux comme dans l'âme d'une petite fille. Ils s'amusaient.

Zonzon jouait aux cartes. Elle avait gagné trois sous à son homme : elle était fière.

Cette fois, ce fut Gros Jules.

– Hé, la môme.

– Ah non, fit Zonzon, pas aujourd'hui. Je ne monte plus à l'arbre, je m'amuse…

– S'agit pas d'arbre, dit Gros Jules.

– Vas-y alors, dit Zonzon.

– Je pense, fit Gros Jules, bien entendu en te comptant, que nous sommes ici cinq… cinq hommes.

– À la bonne heure, accepta Zonzon.

– Comme homme, dit Jules, tu as beaucoup de choses : tu en as même que nous n'avons pas.

– Ça m'regarde, fit Zonzon.

– Mais, continua Jules, de ces choses, il en est une que nous avons et que tu n'as pas.

Zonzon devint sérieuse.

– Dis donc, Jules, pour ce que tu veux dire, je n'y pense pas aujourd'hui : je m'amuse.

– Si, fit Jules, tu y penses puisque tu en parles. Mais moi je n'y pensais pas. C'est pas d'ça que je parle.

– Alors de quoi c'est-y ?

– Je parle, dit Jules, d'autre chose que tu n'as pas et que nous avons.

– Par exemple ?

– Par exemple, expliqua Jules, l'intelligence.

– L'intelligence ? fit Zonzon.

– Oui ; je veux dire la malice.

– Faut voir, fit Zonzon.

Jules prit les cartes en bloc. Il les tendit à Zonzon.

– Pourrais-tu, avec tes dents, mordre à travers toutes ces cartes. Zonzon prit le paquet et, du coin de la bouche, essaya comme quand on croque quelque chose dur.

– Non, fit-elle. Je me tordais la gueule. Et toi ?

– Moi, fit Jules, voici.

Il prit une carte et mordit ; il en prit une autre, puis une autre…

– T'es bête, dit-elle.

Elle choisit l'as de pique.

– Et toi, pourrais-tu, à travers cette carte, m'embrasser sur les lèvres.

Jules tourna en retourna la carte :

– Non.

– Moi bien.

Avec ses doigts, elle fit quelque chose à la carte : il vint un petit trou.

– Par là, dit-elle.

– Bravo, Zonzon !

Il rit. Tous rirent. Elle riait comme une rose.

… Il est bon d'oublier parfois qu'on est des mômes et leurs maquereaux.

XVII

LE SIFFLET

Ils n'avaient pas amené Zonzon, encore moins insisté auprès de D'Artagnan qui préparait sa blague :

– Je suis malade.

L'affaire était simple, comme on eût dit une visite de rien, histoire de vérifier que les pendules marquaient l'heure et que l'argenterie pesait son poids. La veille, Kiki avait fait son dernier tour : combien de portes, comment les serrures, où les pièges que des poteaux signalaient autour de la baraque ? La nuit, aussi, était bonne : de la lune, peut-être un peu trop ; par contre, dans les arbres, ce grand vent qui avale à lui seul tous les autres bruits. D'ailleurs, ils n'avaient pas à se gêner ; la maison était vide et, dans les champs, il n'existait que celle-là, aussi loin que portait la lune.

Ils entrèrent à trois : Kiki-le-Boiteux, Gros Jules et François. Justin, qui n'était pas fort, resta dehors pour faire le guet.

Ils eurent à peine besoin de chatouiller la serrure. Ils étaient dans le vestibule et préparaient la lumière, quand, du côté de Justin, un coup de sifflet les avertit :

– Attention, y a du monde.

Puis un plus long :

– Attention, y en a trop !

– Ça c'est bête, grogna Kiki. Décampons.

Il semblait furieux, mais resta calme. Il ne se hâta pas : il prit en main son revolver, alla en boitant, jusqu'au fond du vestibule, crocheter une porte. Puis il appela :

– Venez, gn'a personne.

On voyait le jardin. Ils s'engagèrent, à la file, sous une allée de petits arbres avec des fruits. Même que c'était des poires. À cause des pièges, Kiki venait devant, l'œil sur tout.

À mi-chemin, il souffla :

– C'est tout de même drôle qu'on ne voit personne.

Au contraire, c'était assez naturel, vu qu'on avait sifflé, non du côté du jardin, mais du côté de la route. Pourtant, à cause de ce mot, puisque aussi bien il y avait du monde, ils auraient aimé autant le rencontrer tout de suite. Et puis on devait les voir, en plein, par cette sacrée lune !

Ils arrivèrent au bout du jardin, où s'étalait un peu d'ombre à cause d'un mur. Kiki connaissait le mur. Il dit :

– Je vas voir de l'autre côté.

Il s'aida par les épaules de Gros Jules, regarda à ras du faîte, ensuite plus haut, puis sauta par-dessus. Les autres l'entendirent retomber et dire :

– Zut ! gn'a toujours personne !

Qu'eurent-ils besoin alors de se hâter comme ils le firent ? Se bousculant tous trois, ils se hissèrent, en même temps, pour passer de l'autre côté ; ils virent qu'en effet, il n'y avait personne, et alors, devant cette garce de campagne, sous cette diablesse de lune, ils eurent peur.

Ils restèrent une grosse minute à penser :

– Nous sommes fichus.

Après, ils se reprirent, et Gros Jules, le plus calme, en était à demander si, avec leurs sifflets, ils n'avaient pas eu la berlue, quand il y en eut un nouveau, très long celui-là, mais beaucoup plus loin.

– Zut ! fit Kiki.

On ne s'expliqua jamais ce qu'il prit alors à Kiki. Ayant combiné l'affaire, il avait le droit d'être nerveux, mais ce n'était pas une raison pour détaler, comme il le fit, en criant :

– Zut !

Sur l'instant, François et Gros Jules ne raisonnèrent pas tant. Ils dirent :

– Si Kiki file, c'est qu'il a des motifs de filer.

Ils filèrent derrière lui. Après ils ne pensèrent qu'à une chose : filer encore plus vite.

Ce fut, ils durent l'avouer, une fameuse panique : Ils traversèrent un pré. Ils passèrent par-dessus un pont. Ils aperçurent un étang ; Dieu sait où ils seraient arrivés, si le Boiteux, qui galopait, à sa manière, en sautant sur sa bonne jambe, ne se fût brusquement embarrassé dans la mauvaise, puis étalé par terre. Clair comme il faisait, les autres le virent étendre les mains, piquer de la tête, puis plonger. À la même seconde, il y eut un coup de feu. En tombant, Kiki venait de faire partir son revolver.

Il aurait pu se blesser. Heureusement, il ne se plaignait pas de mal. Quand Jules et François le rejoignirent il se ramassait, déjà, et disait :

– C'est mon bibelot qu'a pété.

On trouva un peu de boue sur sa main gauche.

Kiki, d'aplomb, cet accident eut ceci de bon : il leur avait coupé la frousse. D'ailleurs, après ce coup, s'il y avait un danger, il aurait dû se montrer et il ne vint personne. Mais, alors, pourquoi Justin avait-il sifflé ?

Kiki s'était mis à l'écart et semblait réfléchir. Gros Jules lui dit :

– Si on allait voir ce que devient Justin ?

– Allez vous deux, dit Kiki, je crois que je me suis fait mal à la jambe.

Ils n'eurent pas besoin d'aller loin. En plein dans la lune, Justin accourait :

– Eh bien ? cria-t-il.

Ne les voyant pas sortir, il était entré dans la maison, avait traversé le jardin, franchi le mur. Oui, il avait entendu le revolver ; non il n'avait pas sifflé.

– Je n'ai même pas entendu qu'on sifflât.

Alors quoi ?

Quoi ? Ils ne tardèrent pas à le comprendre : ils avaient été bêtes, car tout là-bas, en même temps qu'un nouveau coup de sifflet, ils reconnurent cette fois le grondement d'un train qui roule. Mille dieux ! Ce qui les avait effrayés, ce qui les avait lancés comme des pleutres, c'était, tout bonnement, le sifflet d'une locomotive.

– Bin vrai, dit Gros Jules, ce que le Boiteux va nous en faire une tête.

Ah oui ! il leur en faisait une tête ! Il ne les avait pas attendus. Quand ils arrivèrent, il se gondolait par terre. Il trépignait des jambes, il jetait les bras, il se tenait le ventre, tant il avait du plaisir. Ils devinèrent d'un seul coup : il savait, lui, qu'il passait un chemin de fer. Il s'était moqué. Son « décampons », sa galopade, son revolver, tout cela, de la frime pour leur flanquer la frousse.

Tout de même, ils auraient pu se fâcher ! Gros Jules, qui était susceptible, dit :

– Mon P'tit, ce n'est pas à faire.

Et Joseph commença :

– Tu sais, mon vieux...

Mais Kiki continuait de si bon cœur que, tous trois à la fois, ils éclatèrent.

Après, ils pouffèrent encore plus, parce que se tenant toujours le ventre il leur faisait une drôle de grimace, un œil fermé, la bouche ouverte et les fixait ainsi.

Ils ne virent pas tout de suite qu'il était mort.

XVIII

LE CHAT

Mon chat ! cria Zonzon.

Quand Zonzon avait dit : « Mon chat », on savait bien lequel, mais on faisait mine de s'y méprendre :

– Oui ! oui ! Zonzon, ton chat...

Et elle rageait.

Pourtant, cette fois, on n'eût pas besoin de blaguer. Elle bouillait d'avance. Elle avertit :

– Le premier qui rigole, à cause de Gustave, je lui tords la gueule.

Qu'un chat s'appelât Gustave, c'était déjà curieux. Pour celui de Zonzon, ce l'était plus, car, à l'examiner de près, Gustave aurait pu s'appeler Augustine. Elle aimait bien son Gustave ! Elle l'avait amené d'en France. Sur le bateau, à cause des gabelous, elle avait dû le cacher sous sa jupe. Même qu'aux premiers mois, elle avait pu montrer, où les cuisses se touchent, cinq marques très rouges que Gustave n'y avait certainement pas mises avec sa langue.

Alors ce qui l'enrageait, c'est que tantôt, en rentrant, Gustave qu'elle avait laissé en édredon au pied du lit, ni au pied du lit, ni en dessous, ni nulle part, elle n'avait plus retrouvé son Gustave.

François était son homme. Il n'était pas là. Mais il y avait Valère qui l'aimait toujours bien. Il dit :

– Alors, Zonzon, ton chat, c'est-y qu'il a filé ?

– Non, fit Zonzon.

– Alors c'est-y qu'il a sauté par la fenêtre ?

– Non, fit Zonzon.

– Alors c'est-y qu'il s'a faufilé entre tes jambes ?

– Non, fit Zonzon.

– Alors ?…

– Alors, déclara Zonzon, celui qui me l'a pris, je l'emmerderai dans la gueule.

Puis elle partit.

Croire qu'à travers une porte, on vous prend un Gustave, ce sont des lubies de Zonzon ! Et pourtant, oui. Le lendemain, en rentrant, elle retrouva son Gustave, cloué sur la porte, ou plutôt ce n'était plus Gustave : ce n'était que sa peau, avec les quatre pattes et la tête qu'on avait laissées après.

François son homme l'accompagnait ; ce qu'elle pensa, il n'en aurait rien pu voir. Il crut :

– Zut ! ce qu'elle va en faire des histoires !

Et pas du tout. Elle ne sacra même pas. Elle décrocha le peau, la retourna, regarda comment qu'on avait fait. Elle dit :

– Pas malin, c'est de la sale ouvrage.

Le soir, quand elle revint au Cercle, on vit, tout de suite, que si elle n'avait pas oublié son Gustave, du moins, elle s'en fichait. Elle devait avoir bu pas mal de gin. Elle était rouge. Elle se tenait mal d'aplomb. Elle commença :

– Dites donc, mon chat…

François n'avait rien dit. Ils rigolèrent, comme elle :

– Oui, oui, Zonzon ! Ton chat ! C'est-y que tu l'as retrouvé, ton chat ?

Elle rit plus fort :

– Non, que j'vous dis. Et vous ne savez pas ce qu'on a fait de mon chat ?

Et eux, pour continuer la blague :

– Si, si, Zonzon ; on sait bien ce que l'on peut faire à ton chat.

Elle se tordit :

– Et c'est-y que vous voulez voir mon chat ?

Et eux, encore plus fort :

– Oui, oui, Zonzon, oui, oui.

Ils crurent vraiment qu'elle allait. Elle se troussa, attrapa quelque chose et vlan ! avec sa tête et ses pattes leur lança la peau de son chat.

Mince de fourrure ! Ce n'était pas celle qu'ils attendaient. Elle dut s'asseoir tant elle riait. Elle dit :

– C'est pas un de vous qui arrangerait si mal mon pauvre chat ?

Ils éclatèrent encore :

– Oh ! non, Zonzon, oh non !

– Non !

Elle fit, tout à coup, celle qui devient sérieuse. Elle les regarda l'un après l'autre : Valère, Louis, D'Artagnan… à leur brûler les yeux.

Puis elle pouffa.

Ce qui survint par la suite n'eut avec la mort de Gustave aucun rapport. Il se passa bien des choses. De François, elle eut le temps d'en revenir à Valère, le quitta, lui revint. Elle vécut ses huit jours chez le lord, Kiki mourut.

Un samedi soir, à la rue, son homme lui dit :

— Tu sais, pour ce que nous ferons cette nuit, pas la peine : nous irons sans toi.

Elle savait quoi. Elle dit :

— Tant mieux.

Et Valère, en s'éloignant, eut le temps de la voir qui aguichait son premier type.

Pour les hommes, l'affaire était simple : quelques broches, un peu d'argent, une vieille qu'il ne fallut même pas étourdir, puisqu'elle s'évanouit toute seule.

Ils étaient trois : Valère, l'Allumette, D'Artagnan qui, pour cette fois, avait tenu parole. Les paquets à la rue, Valère et l'Allumette attendaient quand ils s'avisèrent que D'Artagnan tardait bien à sortir. Ils rentrèrent et, dans le vestibule, ils le trouvèrent, le nez sur les dalles, plus évanoui, s'il se peut, que la vieille. Il soufflait comme un cochon. Ils l'emportèrent, comme ils purent. Ce ne fut que plus loin qu'ils lui découvrirent, entre les côtes, un trou, juste assez près du cœur pour dire qu'on l'avait raté.

Que s'était-il passé ? Ils n'avaient rien vu, D'Artagnan non plus. Il s'en expliqua un peu : au moment de sortir, quelqu'un l'avait tiré par les jambes, couché par terre, frappé par tout le corps, puis piqué, sous les côtes, avec quelque chose de dur. Ce ne pouvait être la vieille. Alors qui ?

D'Artagnan chez lui, Valère et l'Allumette revinrent au Cercle en parler aux amis. Zonzon les attendait. Elle était contente ; elle venait de finir son quatrième type, ce qui, pour une soirée, n'était pas mal.

Ils dirent :

– Ce n'est pas tout ça, Zonzon. Figure-toi…

Ils racontèrent leur histoire. Elle écouta. Mais elle n'aimait guère D'Artagnan ; peut-être pensait-elle à des propres affaires. Elle répondit ce qu'on répond :

– C'est le chat…

XIX

FRANÇOIS L'ALLUMETTE

Rien qu'à le raconter il se tenait encore tout chose.

S'il aurait su… Qu'il ne s'attendait pas. Qu'il entrait comme ça pour voir. Qu'il avait faim. Qu'son Mouton, vous savez, il était malade. Qu'avec Zonzon on crevait dans la dèche… Qu'alors un coup à faire…

qu'c'était dans une église. Qu'il avait pris une chaise. Qu'à genoux, il faisait l'hypocrite. Qu'y gn'avait là-t-une môme. Qu'il la guettait : V'là m'n affaire !

Qu'il s'était glissé tout près. Qu'elle tenait fermées ses mirettes. Que ses cils, y se retroussaient, comme si qu'on avait passé dessus de la pommade. Qu'elle en avait une mignonne de bouche ! Puis un mignon de nez, puis des mignonnes de joues ; qu'on aurait dit-z-un ange. Qu'on voyait bien qu'elle récitait une prière. Qu'elle embaumait la fleur.

Qu'à la flairer, il avait senti remuer quelque chose : qu'on n'a pas toujours été l'Allumette ; qu'on disait « Le petit François » ; qu'on a, comme celle-là, sucé son catéchisse...

Qu'il s'était mis à se bouffer les ongles, comme quand on regrette.

Qu'il était vite à flamber ; que Zonzon, il est vrai, en montrait du fessard : que son Mouton comme pas une s'entendait à vous trousser son homme, mais que celle-ci, acré ! ce n'était pas ces manières !

Qu'elle avait levé les yeux : qu'on voyait là-dedans du bleu, qu'il vint là-dessus le brillant d'une larme. Qu'il avait pensé à des choses... Qu'il avait dit : Bon Dieu serait-y vrai que t'es pas un salaud puisqu'on rencontre de tes anges ?

Qu'en ce moment, elle faisait le manège de celle qui part. Qu'elle fit sonner sa trousse ; qu'il la suivit. Que dans la rue gn'avait personne. Qu'y s'avait dit : François, t'as faim, pense à ton affaire.

Qu'on aurait cru une petite fille. Qu'elle avait en marchant un léger pli dans la hanche. Qu'il n'aurait pas voulu dire : Ce qui bouge là-dessous c'est de la cuisse. Qu'y s'avait répété : Tout de même, François, n'oublie pas ton affaire !

Qu'il avait passé devant. Qu'à prier des larmes, fallait rudement qu'elle se trouvât dans la peine. Qu'il écoutait trotter ses bottines. Qu'il pensait à ses petons ! Qu'il pensait à ses yeux ! ! Qu'il ne trouvait plus sa force, qu'il n'était pas un lâche, qu'y s'avait retourné : Mam'zell... c'est-y qu'à un pauvre vous donneriez l'aumône ?

Qu'elle lui avait donné. Qu'il avait fui comme une bête. Qu'il avait mis ses lèvres dessus. Que c'était un shilling. Qu'on pouvait le voir. Qu'il le garderait toute sa vie. Que c'était le shilling d'un ange. Que mille dieux !

le premier qui rirait, il le lui casserait dans la gueule…

XX

LE VASE BRISÉ

Il y a des jours : qu'on mette sa main à droite, qu'on mette sa main à gauche, c'est partout dans la merde. Ce matin, un beau vase qu'elle aimait, Zonzon voulait le changer de place et vlan ! le vase s'ouvrait en six morceaux, par terre.

Cet après-midi, un type lui promet :

– Yes, je te donnerai six couronnes.

Et au lieu de six, il n'en lâche que trois.

Et voilà qu'à l'instant, dans cette petite rue, pour aller au Cercle, elle rencontrait qui ? Cette vieille bique, ce sale chameau, cette putain à perruque de Betsy l'Angliche.

Zonzon, on s'en souvient, détestait Betsy. Depuis l'histoire du portefeuille surtout ! Et puis l'Angliche était trop maigre, maigre à dire que son derrière ressemblait plus à une assiette qu'à un véritable derrière. Si c'est pas dégoûtant ! Et puis pendant des mois, elle avait été la môme à D'Artagnan qui ne voulait pas de Zonzon, et puis elle avait des dents en toc, et puis s'il fallait dire tous les « pourquoi » on déteste les gens. Il y en avait un pourtant, mais celui-là, elle ne le disait guère : c'est qu'on lui avait dépiauté son Gustave et qu'on l'avait dépiauté juste après l'histoire du portefeuille, pendant le temps que cette garce vivait avec ce D'Artagnan qu'elle ne supportait pas.

Alors, après des semaines sans la voir, la rencontrer un jour à merde, et dans cette ruelle où il y avait à peine de la place pour une seule : mille dieux, son sang ne fit qu'un tour.

Sale Angliche ! De près, elle lui parut encore plus maigre.

Zonzon se campa :

– C'est-y pour te fiche de moi que tu te mets en travers de ma route ?

L'Anglaise ouvrit sa bouche toute remplie de fausses dents :

– How ?

Quoi How ? Les mains de Zonzon partirent toutes seules lui apprendre, par le cou, à répondre « how ». Elle serra une bonne fois.

– C'est-y, recommença Zonzon, pour te fiche de moi ?...

– No !

Quoi No ? Zonzon serra une nouvelle fois :

– Alors, c'est-y pour te fiche de moi ?

Cette fois l'Anglaise, sans répondre, ouvrit plus grande la bouche, ce qui rendit Zonzon encore plus furieuse :

– Chameau, c'est-y à manger ton foin que t'as avalé ton râtelier ?

Et une fois pour les autres, ce que Zonzon avait sur le cœur, Zonzon le vomit par la gueule.

Sale Angliche ! Que c'était de sa faute que Zonzon avait brisé son vase :

vlan ! Zonzon l'étendait par terre comme ce vase.

Que c'était sans doute ce salaud de D'Artagnan qui l'avait rendue si plate… vlan, Zonzon lançait le poing où elle était si plate…

Que c'était une honte de montrer aux gens un si maigre derrière… vlan ! son pied dans ce derrière.

Et puis, qu'elle était une rosse… Et puis qu'elle était une sale bête… Et puis qu'elle savait bien quelque chose, que D'Artagnan avait eu son tour et que si elle ne foutait le camp tout de suite, Zonzon l'emmerderait pour de bon à travers sa sale gueule.

Elle allait le faire.

Et voilà, tout à coup, à se laisser secouer, à être trop molle pour se défendre, l'Angliche, poussant un drôle de « How », se mit à tousser, puis cracha un de ces machins rouges, comme en crachent les malades prêts à crever. Zonzon ne s'attendait pas à cela. Elle examina Betsy. Elle comprit pourquoi, avec des joues si creuses, on a un derrière qui ressemble à une assiette et quelque chose remua dans son cœur. Tant pis : à cause de Gustave, elle avait « un chameau » sur la langue. Elle dut le sortir :

– Betsy, fit-elle, c'est moi l'chameau !

XXI

LA CLEF SOUS L'OREILLER

Une fois, on s'en souvient, François guetta une môme qui priait dans une église, ne lui fit aucun mal et, la nuit, revint au cercle en disant qu'il garderait toute sa vie le shilling qu'il avait reçu de cet ange.

Ce fut quelque temps après. Lisette était revenue. Ils avaient eu très faim : un soir il eut la migraine et le lendemain il ne se reconnut plus François : il était devenu Jésus et, de plus, était mort.

Le premier jour, puisqu'il était Jésus, il voulut prêcher, en latin comme de juste. Il commença : « Dominus », mais le reste ne vint pas, alors il se mit à pisser par terre pour changer, en vin, toute cette eau.

Le second jour, puisqu'il était mort, il prétendit que Lisette le couchât au tombeau. Il sacrait : « Tire ma couronne, Madeleine, elle me pique », et dut tanner dessus parce que Madeleine pleurnichait : « T'as pas d'couronne, je vais te mouiller un linge sur la tête ».

Tout cela, bien entendu, c'était des trucs de maboule. Mais ce qui survint le troisième jour ?

Le troisième, il se trouvait dans son lit. Il n'avait pas gueulé ; qu'il fût Jésus ou bien François, il le savait, il n'en avait rien dit ; qu'il portât sa couronne, il le gardait pour lui ; quant à pipi, Lisette pouvait le dire, il l'avait fait comme tout le monde, dans un pot.

Seulement voilà :

On devait avoir dépassé le soir, il sommeillait, quand Lisette, en enlevant sa jupe, alla jusqu'à la porte, en retira la clef et la glissa sous l'oreiller. Les autres jours elle la tournait dans la serrure.

Hé hé ! parce qu'il était malade ? D'abord, il ne l'était pas : ce n'est pas être malade, quand on s'appelle Jésus de sentir des épines en couronne sur la tête. D'ailleurs, sur le moment, il n'en pensa rien du tout. La clef en place, il regarda Lisette, elle changeait de chemise, et avait une chair bien chaude : simplement il fit de la place pour qu'elle ne se blessât pas à ses épines et recevoir près de lui sa Lisette dont il aimait la chair bien chaude.

Un peu plus tard, comme Lisette dormait, il fut obligé de songer à cette clef. Lisette dormait, et tantôt elle avait glissé la clef sous l'oreiller. Lisette dormait et hier, il s'en souvenait, puis d'autres jours, elle avait aussi glissé la clef sous l'oreiller... Du reste, qu'elle l'eût glissée ou non, ça ne l'empêcherait pas de dormir. Il ferma les yeux, il les tint fermés cinq minutes...

Pourtant cette clef... cette clef sous l'oreiller... Encore si elle l'avait glissée comme on glisse un clef. Non ! Elle l'avait glissée un peu comme une voleuse, un peu comme une sournoise, un peu comme si elle ne voulait pas qu'il vit à quelle place elle glissait cette clef sous l'oreiller.

D'ailleurs, elle était naïve. Il pensa : « Si elle ne veut pas que je la trouve, pourquoi glisser tous les soirs, à la même place, cette clef sous l'oreiller ? »

Mais à peine eut-il prononcé : « que je la trouve », que puisqu'il l'avait trouvée, il eut besoin de prendre cette clef. Et cette clef il devait la prendre, non comme on prend une clef, mais un peu comme un voleur, un peu comme un sournois, un peu comme un qui ne voudrait pas qu'on le vît, pendant qu'il prendrait cette clef qu'on avait glissée sous l'oreiller.

Lisette dormait, la clef se trouvait sous sa tête. Il remua le pied, elle ne bougea ; il compta jusqu'à cent pour être sûr, il reprit jusqu'à cinquante. Il était si tendu, que si Lisette avait bougé, il eût sauté dessus pour reprendre, même à une morte, cette clef glissée sous l'oreiller.

Elle y était la clef ; il mit la main dessus, tira pour l'avoir et voilà qu'en tirant, au bout de la clef, il amena un anneau, au bout de l'anneau, l'œil d'une autre clef qu'avec la première, elle avait glissée sous l'oreiller.

Tiens, pourquoi deux clefs ? Lisette dormait. Il se leva, il fit ce qui lui parut nécessaire, puisqu'au lieu d'une, il avait trouvé deux clefs sous l'oreiller. La première servait pour la chambre, il sortit de la chambre. La seconde… il descendit très vite, parce que la seconde, c'était celle de la rue qu'avec celle de la chambre elle avait glissée sous l'oreiller.

Une fois à la rue, il oublia cette histoire de clef. Il ne passait personne : aller à droite, ou bien à gauche, puisqu'il était sorti, il était libre. Mais à peine eût-il fait trois pas vers la droite, qu'il eut besoin de faire trois pas vers la gauche, puis de nouveau vers la droite, puis de nouveau… Finalement, à tourner ainsi et retourner, il revint devant sa porte, et se planta.

Et c'est alors que survint la chose. Ce n'est pas pour rien qu'on sent des épines dans la tête, qu'on a vu sa Lisette cacher des clefs, qu'on les a prises et que, d'abord à droite et puis à gauche, on se retrouve devant sa porte. La rue était une de ses rues où les gens, quand il fait chaud, prennent la nuit le frais par terre. Il faisait chaud. Peut-être ne les avait-il pas vus, mais dans cette rue où tantôt il ne passait personne, il se bousculait maintenant plein de gens. Les uns le regardaient, et les autres, quand il se tourna, mon Dieu oui, aussi le regardaient. Il y en avait dont il pensait : « V'là Zonzon ! V'là Valère ! » ; d'autres dont jamais il n'aurait su découvrir le nom ; il y en avait même deux dont il se dit : « Qu'est-ce qu'ils viennent fout'dans not'rue ces rupins ? »

Et tous, rupins ou pauvres, le regardaient, le montraient du doigt, avaient cet air de méchante bête que l'on a parce que l'on est des hommes, parce qu'on a tanné sur sa môme, parce que, faim ou pas faim, il y a des jours où, contre les autres, il faut « penser à son affaire ».

Pourtant lui ! Un soir, dans une église, il n'avait pas pensé à son affaire. En récompense, il avait reçu un shilling de cet ange ; en récompense il sentait une couronne d'épines sur la tête. Alors ces gens, il aurait voulu leur donner quelque chose : par exemple à caresser, et pour rien, sa môme, ou bien à toucher son shilling, ou mieux prendre une de ses épines, et leur sortir de son cœur un mot, qu'après on n'aurait plus été de sales bêtes, ni de pauv'femmes à mioches, ni des âmes à goguenots, ni des crapules comme ces deux là-bas, dont ce n'était pas la faute s'ils se fichaient de lui en se tapant sur les fesses.

Ce mot, il l'aurait trouvé, il préparait déjà son geste, mais à ce moment on le prit par l'épaule, il reconnut Lisette qui pleurait de ne l'avoir plus trouvé dans la chambre.

C'est vrai : il se vit alors tel qu'il était : entre ces gens qui riaient, avec ses deux clefs et nu parce que tantôt, à se frotter à sa môme, il avait tiré sa chemise. Il fit, comme s'il s'agissait d'une blague : « Messieurs et dames, c'est pour avoir l'honneur de vous remercier », mais il ne s'agissait pas d'une blague : sa couronne, il la portait ; pendant une minute, il avait senti quelque chose de ce qui a fait de l'autre à la couronne, un homme au-dessus de tous les hommes.

Quand il fut là-haut, il le dit à sa manière. On le roula de force sur son lit, on le lia qu'il eût à se sentir tranquille. Il se débattit :

– Mais nom de Dieu, puisque je vous dis que je suis Jésus…

XXII

LE CANDIDAT

Il ressemblait à Kiki le Boiteux, mais en plus grand, et il ne boitait pas. D'ailleurs, il était roux. Et puis il portait une pelisse. Il dit :

– Bonsoir Zonzon.

Elle s'étonna :

– Tiens, c'est-y que tu m'connais.

— Mais oui, qu'il fit, et puis sais-tu que j'te gobe ?

— Y a moyen, dit Zonzon.

Ils allèrent. Il paya bien. Ce fut la première fois.

À la seconde, il avait un accroc dans sa pelisse. Il semblait triste. Il dit :

— Bonsoir Zonzon.

Elle dit :

— Ah toi ! C'est que tu r'viens ?

— Oui… non… qu'il fit. Je n'ai pas de galette.

— Alors zut.

Il la retint :

— Zonzon, fit-il, depuis l'temps que je te gobe… Alors comme ça, si parfois t'avais besoin d'un petit homme…

Elle se mit à rire. Elle le regarda dans sa pelisse ; il avait aussi un chapeau.

Elle dit :

— T'es rien maboule ! Depuis quand c'est-y qu'on accouple à Zonzon une bête à fourrure. T'es de ton monde ; moi du mien. Bonsoir.

— Bonsoir, qu'il fit.

À la troisième fois, il avait toujours sa pelisse, mais plus de chapeau : une grosse casquette. Il marchait dégagé.

– Bonsoir Zonzon.

– Ah toi !

Elle sortait de l'hôtel : un type dont elle avait gardé la montre. Il cligna vers le haut :

– C'est-y que la place serait encore chaude ?

Elle répondit :

– Ça te dégoûte.

– Oh non, si c'est toi qui me la rendra plus chaude.

Il avait de la galette.

Dans la chambre il dit : « Viens tout près Zonzon ». Avec ses doigts, par-dessus la robe, il se promenait partout. Puis il fit :

– Laisse-moi croire que je suis ton petit homme.

– Alors, ça te tient toujours ?

– Oh oui.

C'est vrai qu'il se dépensa en véritable petit homme, pas un brutal, comme il y en a, pas très fort non plus, mais doux avec des caresses en chatouilles, plus à donner qu'à prendre le plaisir. Cela tombait bien : depuis huit jours elle était veuve. Elle roucoula :

– Chéri je t'em…

Ensuite elle dit :

– On croirait vraiment que tu t'y prends pour du vrai.

Il releva la tête :

– Peut-être bien, qu'il fit.

Après, elle voulut partir. Il supplia :

– Reste Zonzon. Laisse-moi croire une minute que je suis ton petit homme. Tiens, comme ça ; mes bras à ton cou, ma joue ici. Et puis je vais un peu dormir.

Il s'arrangea, comme il l'avait dit. Presque aussitôt il s'endormit. Vraiment oui, il était gentil, avec sa tête comme d'un gosse sur sa poitrine. Tout de même cela l'ennuyait. Elle toussa pour voir s'il dormait, il ne bougea pas d'une paupière. Alors ce fut plus fort que tout : elle dut se lever, pour faire un petit tour du côté de la pelisse.

Dans une poche à l'intérieur, elle ne trouva rien ; dans une autre, un peu de tabac ; dans la troisième elle sentit quelque chose : on aurait dit une montre. Elle pensa : quelle drôle de place. Elle regarda : oui, c'était une montre. C'était même, pardieu ! la montre qu'elle avait chipée à l'autre type.

Elle marcha vers le lit.

– Sale voleur !

Elle vit ainsi qu'il ne dormait pas et peut-être qu'il n'avait pas dormi du tout. Il la guettait, il rigolait. Elle fit sauter les couvertures, il était nu là-dessous. Elle dit :

– Je ne sais pas pourquoi qu'tu rigoles, mais je t'dis que t'es un voleur.

Il rigola plus fort, il demanda :

– C'est bien vrai qu'tu dis que j'suis un voleur ?

– Pour sûr, je te l'crie dans la gueule, tu es un voleur !

Il s'arrêta de rire, il tendit les bras :

– Zonzon ! dit-il.

Il la regardait avec ses yeux de quand il avait dit : Depuis l'temps que je te gobe.

Et Zonzon tout à coup devina quelque chose. Mais elle n'était pas sûre. Elle demanda :

– Allons, je ne me fâche pas, dis-moi pourquoi qu'tu m'as volé cette montre ?

Il ne répond rien.

– Alors, c'est-y à cause de ce que j't'ai dit de ton monde ?

Il l'attendait toujours avec ses bras :

– Pour toi, fit-il, Zonzon.

Elle s'en doutait. Brave type ! Elle eut chaud dans son cœur. Elle était encore nue. Elle ressauta près de lui :

– Et d'abord, reprends ta galette.

– Ma môme ! qu'il fit.

ce fut mieux que tantôt !

Le soir, Zonzon présenta son Petit Homme au Cercle. Elle raconta l'histoire. Tout de même, voler Zonzon, c'était habile. Il s'appelait Valère : on l'appela, je ne sais pourquoi Valère-le-Juste.

XXIII

LA LAMPE

Ce fut pas trop bête : l'affaire avait marché si bien : de vraiment jolies choses qu'elle avait, cette vieille, dans son échoppe. Elles étaient empaquetées, ils allaient partir. Qu'avait-elle besoin de se montrer au fond du vestibule et encore bien avec une lampe ? Elle connaissait Valère et Zonzon, elle allait gueuler, il fallut en finir.

Ils avaient combiné la chose entre eux, sans les autres. Ils en étaient aux débuts de leur amour : aux roucoulades.

– Vas-y, dit Zonzon.

Valère y alla. Il n'avait encore que volé ; pour le reste, il manquait d'expérience. Il oublia qu'il portait un couteau : avec ses mains il visa la vieille et la prit par le cou. Il appuya des pouces, il crut que cela suffirait ; et pas du tout : elle abandonna la lampe ; elle se mit à gargouiller : « gueur… gueur » comme si elle avait de l'eau plein la gorge, puis à frapper des pieds, puis à griffer avec les ongles. Il dut y mettre ses dix doigts et après ne pas la lâcher encore.

Il n'avait pas beaucoup de force, d'ailleurs il était timide. Il se mit à la secouer, comme un arbre pour en faire tomber des pommes. Ensuite il songea :

– Si que je l'asseyais, j'aurais plus facile.

Mais il ne le fit pas : il dut continuer à serrer.

Lui occupé en haut, Zonzon la travaillait par en bas.

– Hardi ! qu'elle faisait.

Sa brave môme ! Il n'avait jamais réfléchi que ce fut si gros un cou de femme. Avec ses lèvres, quand on l'embrasse, on en fait bien vite le tour, mais les doigts ! Ses dix y suffisaient mal. Encore, devait-il les écarter bien fort. Il sentait en dessous quelque chose de dur remonter et descendre : le larynx ou le pharynx, il ne le savait pas. Cela lui rappela qu'il avait fait ses études chez les R.P. Jésuites : ces cagots auraient mieux fait de lui enseigner comment c'est fait le corps d'un homme… ou d'une vieille, au moins on sait sur quoi l'on pousse. Il était alors un petit bougre, pas trop fort et déjà stupidement timide : un jour il avait eu peur de tuer une grenouille ; le brave homme d'oncle, son tuteur, lui tapotait la joue :

– Ah Valère, mon fieu, tu feras plus tard un bon prêtre.

Et voilà, il tenait par le cou, le corps d'une vieille femme.

Elle gigotait toujours. Il aurait bien voulu lui dire :

– Madame, si cela ne vous dérange, dépêchez-vous un peu.

Il ne lui en voulait pas. Quand même il aurait préféré s'occuper de Zonzon, dont il devinait, près de lui, le bon fessard.

– Ça dure, fit-il.

Zonzon se mit debout. Elle tenait la lampe. Il vit ainsi tout contre le sien le visage de la vieille : elle s'était coiffée pour la nuit en papillottes. Quelle idée, quand on a les cheveux si blancs ! Il en vit un tout noir. Il pensa :

– Dire qu'ils ont été tous comme cela.

Tant pis. Ses doigts ne suffisant pas, il donna du genou, dans le ventre. Il fallait en finir. Elle se mit à regarder avec de grands yeux qui lui sortaient de la tête ; sa langue aussi sortait, sa figure était toute bleue : il lui vint sur le front de rosses veines comme si, vraiment, elle souffrait d'une migraine.

…Et tout à coup, elle devint très pesante.

– Ça y est, fit Zonzon.

En effet, ça y était. Les bras ballottaient comme des manches. Doucement par où il la tenait, il la laissa aller, sur le dos, jusqu'à terre. Il n'aurait pas su dire pourquoi ces précautions. Par malheur, il lâcha trop vite, la tête sonna :

– Plouf !

Alors il regarda : ça restait là ; elle avait une petite jupe, plus de seins sous la chemise, des jambes sans bas, avec du noir aux orteils. Elle tirait toujours la langue. Voilà ce qu'il avait fait !

Quand on est gosse, les Jésuites vous expliquent que, devant son premier cadavre, on sent, dans son âme, quelque chose avec des dents qui la rongent : le remords, comme ils disent. C'est à voir. Il était un fieu timide à ne pas tuer une grenouille ; il aurait fait un bon petit curé ; son brave oncle en rêvait, mais il faut ajouter que la vieille avait un cou en bois. Alors il regarda Zonzon et secoua les doigts.

– Zonzon, fit-il, je crois que j'ai la crampe.

– Ça passera, dit Zonzon.

Elle l'embrassa. Ils décampèrent. Il avait d'abord étouffé la lampe – simplement comme la vieille.

XXIV

LE DOIGT DE DIEU

C'est entendu. Il était un brave petit fieu. Il le disait lui-même : « Je suis un brave petit fieu ». Il avait fait ses études chez les Révérends Pères Jésuites. Un larynx, il ne l'eût pas distingué d'un pharynx, mais quant au bien, quant au mal, il mettait le doigt dessus, il affirmait : Ceci est bien, ceci est mal.

Il savait de la sorte beaucoup de choses. Ainsi la première fois qu'il vit Zonzon, sa conscience l'avertit :

– Ce serait mal d'aimer cette femme.

Et aussitôt il aima cette femme.

De même plus tard, quand elle l'eut repoussé :

– Tu es de ton monde, moi du mien.

Il réfléchit :

– Sans doute qu'en me faisant voleur… ce serait mal.

Ce fut peut-être mal, mais ce ne fut pas long ; il se fit voleur.

Pour sa récompense, il devint ce qu'on appelle un sale individu, un vil maquereau, l'ignoble souteneur d'une fille publique. Eh bien quoi ? Il l'aimait sa fille publique. Ignoble souteneur, il ne soutenait rien. Où les autres, à leurs mômes, s'informaient : « Ta galette ? » il sautait sur la sienne :

– Le type, quoi c'est-y qu'y t'a fait ? Et toi, quoi c'est-y qu'tu lui as fait ?

Et comme à soi seul, on reprend un pèlerinage, à toutes les chapelles où les types avaient passé, il repassait.

Oh ! c'était mal !… mais c'était bon.

Tout de même il aurait dû prévoir : on l'avait averti. Le mal est une pente savonneuse, on s'y cale du derrière et jusqu'en bas on glisse : il avait vu de ces jeux dans les foires. La nuit où Zonzon le guida dans le vestibule, il ne s'attendait pas à rencontrer au fond le cou d'une vieille femme. Il y était pourtant ce cou, un cou de bois, un cou très dur, qui lui laissa tout le temps de se dire :

– Mon fieu, ce que tu fais là, c'est pis que mal.

Il n'en serra que mieux et tandis qu'il s'acharnait dans ce mal, il avait senti par la tête, il avait senti par le corps, quelque chose de bon, quelque chose de puissant, quelque chose comme s'il avait eu sous les doigts, non pas cette vieille, mais une jeune, et qu'au lieu de l'étouffer, il eût été en amour avec elle. C'est peut-être ça, le remords.

Après il blagua :

– J'crois que j'ai la crampe.

Et ce fut tout.

Tout ? Du moins pour l'instant. Mais il y a le doigt de Dieu. Ce doigt est un doigt intelligent, un doigt patient, un doigt terrible qui frappe à son heure. Un soir, ce doigt frappa. François l'Allumette parlait. Un peu comme Valère, il s'était trouvé dans un vestibule, à brûle-pourpoint, nez à nez avec un homme. François qui s'appelait l'Allumette flambait vite, mais il était doux :

– J'ai eu de la chance, dit François. Je tenais prêt du poivre, je lui en ai flanqué dans les yeux, puis bonsoir.

Du poivre dans les yeux !

Valère sentit un choc. Du poivre sur la viande, du poivre sur le melon, mais s'imagine-t-on, brave petit fieu, qu'on puisse, comme sur une huître, flanquer du poivre dans les yeux ? Il pensa à la vieille. Dire qu'il y a des femmes qu'on rencontre dans les vestibules et qu'on peut ne pas tuer en leur flanquant du poivre dans les yeux. Lui, il avait tué. Il dit à Zonzon :

– Hein si qu'on avait su.

– T'es bête, et la lampe ?

C'est vrai, il fallait à cause de la lampe.

N'importe, le doigt de Dieu l'avait touché. Ce doigt, comme un doigt sur un sexe, vous empêche de dormir. Il dormit mal. Le lendemain, il pensait encore à la vieille. Et plus seulement à la vieille : il pensait à autre chose. C'est pas toujours vieux, la femme. C'est beau, la femme. C'est beau, les yeux… et puis du poivre dans les yeux. Il pensait aux pauvres femmes qu'on aurait pu sauver, en leur jetant du poivre dans les yeux. Il pensait aux pauvres femmes qui ont mal, parce qu'on leur a jeté du poivre dans les yeux. Il pensait aux pauvres femmes que l'on rencontre dans les vestibules, et que l'on tue après leur avoir fait mal avec du poivre dans les yeux. Et alors, tous ces yeux, toutes ces femmes, que se passait-il dans les yeux de ces femmes qui ont du poivre dans les yeux ?

Il y pensa des jours, il y pensa des semaines : il était, brave petit fieu, comme une puce entre les ongles des doigts divins. Il quitta Zonzon, il revint à Zonzon. Il y pensait toujours.

– Zonzon, qu'il disait, j'ai sur le front quelque chose qui m'démange.

Elle ne savait pas.

– Gratte-toi qu'elle faisait.

– C'est pas gratter qu'il faut.

– Mords-moi, qu'elle faisait.

– C'est pas les dents qu'il faut.

– Alors quoi ?

– Ah voilà.

« Voilà » ne montrait rien.

Le lendemain :

– Zonzon, j'ai sur le front quelque chose qui m'démange.

Alors un soir, à rôder seul, il eut une seconde aventure de vestibule.

À vrai dire, cela ne se passa pas dans un vestibule, cela se passa dans une belle chambre et la vieille, quand elle parut, était toute jeune, une jolie dame en peignoir bleu d'amoureuse, avec de jolis cheveux en fils de soie flottante. Il y avait encore cette différence : c'est que la dame ne le surprit pas, elle se trouvait déjà dans la belle chambre, elle s'y trouvait pour lui, ils étaient à table, ils mangeaient, elle le dorlotait sur ses genoux, elle était entrain de lui dire : « My little sweet », et lui : « My little Ketty. »

Mais enfin il avait bien le droit de se croire dans un vestibule.

Sur la table, il y avait du poivre. Alors n'est-ce pas ? au fond de ce vestibule, Valère pensa :

– Que se passerait-il, si Ketty recevait de ce poivre dans les yeux ?

Il ne savait trop comment faire. Cette Anglaise, dans quel jargon lui dire :

– Voulez-vous de ce poivre ?

Il hésita.

– Want you ?

Puis il toussa.

C'était du poivre rouge. Il en vola sur le nez, un peu sur la nappe, et beaucoup dans les yeux.

Il voulait simplement voir, ensuite un peu d'eau là-dessus et ce serait tout. Elle cria : « Aaah ! » elle mit les mains sur les paupières, elle se roula sur un divan, mais de ce qu'il attendait, rien, elle ne montra rien de ce qui se passe quand on a du poivre dans les yeux. Il supplia « My little Ketty », il tâcha d'écarter les mains, il voulut soulever la tête, il lui toucha la nuque. C'était malgré les cheveux en fils de soie la nuque d'une femme qui souffrait parce qu'elle avait du poivre dans les yeux. Alors il appuya des pouces ; ils étaient comme les pouces de Dieu, ils entraient bien, il ajouta les autres doigts. Il en fut, sans trop savoir, à tenir par la gorge une femme qui avait du poivre dans les yeux. Dites, que se passe-t-il dans les yeux d'une femme qu'on étrangle pendant qu'elle a du poivre dans les yeux ? Il finirait bien par voir, il se pencha, il fut tout sur elle ; il en vint ainsi à sentir ce quelque chose de bon comme s'il eût été en amour avec elle ; il pensa : Tant que j'y suis et sous le peignoir bleu, il fut en amour avec elle.

Puis ce fut tout : elle ne bougea plus... Sur la cheminée marchait une pendule. Cinq minutes : un désir, une femme, cela prend cinq minutes à mourir. Pauvre Ketty.

Il ne restait qu'à filer. Il partit inquiet, il partit furieux. Il était venu pour voir, il n'avait rien vu : alors, avant qu'elles meurent, cré nom de Dieu ! que se passe-t-il dans les yeux des femmes qui ont du poivre dans les yeux ?

XXV

LA FEMME AU GRAND FRONT

C'est des histoires dont on ne se vante pas devant tout le monde. On les garde pour soi les jours qu'on se dit :

– Ce que tu fais là Valère, c'est mal.

Et qu'on se répond :

– Eh bin quoi ? C'est pas d'ma faute…

Celle qu'à cette époque aimait Valère, peut-être bien qu'elle avait des cheveux dont on pense : « C'est de la soie » ; des yeux, qu'on aurait dit le ciel ; une bouche à piquer cette rose dans un verre. Il ne l'aimait pas pour cela : elle avait un grand front et puis, elle écrivait des livres.

En ce temps Valère était jeune ; il lisait des livres. Il avait des cheveux – roux, oui, – mais en ordre ; un col bien net et l'âme de quand on est le neveu de son oncle et qu'un jour, comme ce brave homme d'oncle, on étudiera pour devenir prêtre. Prêtre ! Ne rigolez pas ! On croit en quelque chose qu'on ne voit pas, on appelle ça : Dieu ! On bouffe une hostie ; on goûte : « C'est du machin… de la pâte, quoi ? et l'on se monte le coup : Pas de la pâte… Dieu ! » Valère aimait se monter le coup. Alors ce front… ces livres !… il s'était monté le coup.

Comment aiment les autres, il ne savait pas. Lui, ce n'était certainement pas comme les autres. Il ignorait qu'une femme, ce fût de la viande autour d'un sexe. Le front, c'est par là que l'on pense : le jour il rêvait de ce front ; la nuit il rêvait de ce front ; quand il voyait une chose, que cette chose était belle, il aurait voulu savoir ce qui, devant cette belle chose, se fût passé sous ce front…

Dans les livres qu'elle écrivait, il se trouvait beaucoup de belles phrases. Une surtout, où elle disait : « le splendide idéal. » Lui aussi, il aimait le splendide idéal. Alors il eût été bon qu'elle le sût, qu'elle lui permit, un jour, de venir, qu'ensemble ils eussent parlé de ce splendide idéal.

Il expliquait cela dans ses lettres, et encore que plus tard sans doute il deviendrait un prêtre, que puisqu'elle était une dame il ne pouvait pas l'appeler Dieu, mais qu'il l'appelait sa Madone, qu'il voulait vivre comme un moine qui vit pour sa Madone.

Elle répondait :

– Non.

Elle prétextait :

– Ce n'est pas possible... Monsieur.

Ou bien :

– Je suis une honnête femme...

La question n'était pas là. Et plus elle s'obstinait : « non », plus il s'entêtait : « oui », plus son front semblait grand, plus, tout entière, elle devenait la Madone. Cela dura un an. À la longue, un jour, elle répondit, mais avec plus de mots :

– Je vous attends ce soir !

Dieu ! Comme il faisait beau chez cette femme ! Ce n'était pas comme chez une de ses tantes où cela sentait toujours un peu la lessive. Ce n'était pas non plus, comme maintenant, chez Zonzon ou les autres. Il voyait de beaux tableaux, de belles sculptures, des meubles vraiment comme on n'en pouvait trouver que chez une femme à grand front.

Elle était assise. Elle portait un peignoir, mais pas comme ils sont. Le sien était en velours avec des galons d'or et drapé lourd : on aurait dit, sur le corps d'une Madone.

Elle se laissa contempler. Puis elle dit :

– Vous êtes si loin, venez...

Il vint. Il vint très près, puis un peu moins, parce qu'il craignait de la toucher.

Elle demanda :

– Je vous fais peur ? il ne faut pas...

Il répondit :

– Maintenant que je suis ici, je voudrais vous entendre prononcer votre phrase.

Elle savait quelle phrase. Elle ferma les yeux. Elle eut son front comme un casque. Elle prononça la phrase.

Il fit :

– Oh ! c'est beau.

Elle parut contente. Elle sourit :

– Alors, embrassez la bouche qui a prononcé la belle phrase.

Il aurait préféré le front.

Il se mit à genoux ; il avança les lèvres. Ce qu'il allait toucher, ce n'était pas une bouche, c'était comme l'hostie dont on pense :

– Pas de la pâte... c'est Dieu !

Et voici : quand il eut touché les lèvres, il sentit qu'en dessous, il y avait de la dent ; que derrière ces dents, il y avait de la langue ; qu'avec cette langue elle farfouillait, après la sienne jusqu'au fond de la gorge. Dieu ? Ah bin oui ! Une femelle que ça amuse de débaucher un gosse.

Il fut comme on est tous ; il eut envie de sa chair ; il dut chercher ; cela dura : elle avait plein de dentelles et d'élastiques, sans doute exprès. Il sut ainsi en fin de compte, lorsqu'on y met les doigts, le splendide Idéal, le peu que c'est…

XXVI

UNE DRÔLE D'HISTOIRE

Il est vrai que, certaine affaire ayant marché très bien, ils avaient pris, au dîner, beaucoup de vin, et, avant ce vin, pas mal de gin. Tout de même, ce n'était pas une raison, et Valère, qui découvrait en surprise un petit plat de framboises, ne s'expliqua jamais pourquoi Zonzon s'emporta tout à coup et lui cria que s'il ne jetait pas ça, elle l'emmerderait dans la gueule.

Ce qui survint ensuite, semble tout aussi difficile à comprendre, sans doute parce qu'en plus de ce qu'ils avaient bu il restait du vin et du gin sur la table.

Elle s'en versa un bon coup :

– Je vas t'expliquer.

Et d'ailleurs, elle n'expliqua rien du tout. Elle lui fit toucher ses bras :

– Tu vois ces bras ?

– Mais oui, Zonzon.

– Eh bien ! en ce temps-là, c'étaient des allumettes ces bras.

Elle lui poussa sa hanche :

– Tu sens ma hanche ?

– Pour sûr, Zonzon !

– Eh bien ! en ce temps-là, il n'y avait rien de mes hanches.

Puis elle découvrit son ventre :

– Tu vois ça ?

Et comme Valère s'oubliait à lorgner, dessus, la balafre, elle ajouta :

– Eh bien ! en ce temps, t'aurais été médecin, t'aurais pas vu où fourrer ton bistouri, pour y graver ta signature, comme un jour.

De tout ceci, Valère conclut que c'était le tour à Zonzon et que, comme lui pour la femme au grand front, elle voulait raconter quelque chose du temps ou elle était jeune.

– Alors, demanda-t-il, c'est-y du gin ou du vin ?

– D'l'un et d'l'autre.

Puis elle se mit à faire sur les noms des remarques qui n'avaient, avec ce temps, aucun rapport : que Pépette c'était de la frime, Zonzon aussi c'était de la frime, et que pour Ledard, il fallait passer par les hôpitaux ou les prisons, pour savoir que ça vous est tombé de naissance. Et sans doute que ce mot lui rappela d'autres choses, car à peine l'eut-elle prononcé, qu'elle s'arrêta : « Écoute ! » et dérailla vers toute espèce de vieux souvenirs : que sa maman était morte, que ses yeux, s'ils se retroussaient dans les coins, c'était, comme le nom, de naissance ; que Valère n'aurait pas dit : « Tes yeux de diablesse », et qu'un bonhomme, dans un bureau, lui avait dit :

— Je vois cela, petite ; ce qu'il te faudrait, c'est des patrons, comme qui dirait un autre père et mère.

Là-dessus, Valère répondit : « Ah ! compris ! », comme s'il était vraiment en état de comprendre quelque chose ; puis il mit la tête dans les mains, parce que Zonzon lui parlait à la fois d'objets et de personnes absolument disparates : d'un certain homme qu'elle appelait Monsieur, d'un baquet de terre glaise, puis de cette rosse de Betsy, dont le nom seul la mettait en rage.

Comme Valère lui faisait remarquer que, de cette rosse, il n'y avait pas lieu de parler, puisque Zonzon ne l'avait connue que plus tard, elle en convint, mais raconta aussitôt d'une certaine Madame, maigre comme Betsy et qui n'aurait pas su non plus montrer gras comme ça de viande sur son derrière.

À ces mots, elle se mit à rire, Valère aussi en pensant au peu de viande sur le derrière de Betsy. Mais il ne s'agissait pas de cela :

— Il s'agit, dit Zonzon, des gens qui font des chichis pour prendre en service une innocente.

— Connu, dit Valère.

— ... et de cette innocente qui se rassure : « S'ils veulent tant qu'on soit honnête, c'est qu'ils le sont, eux-mêmes, honnêtes. »

— Oui, dit Valère.

Ceci dit, elle but un verre de gin, Valère un verre de vin et dès lors, il lui fut évident qu'elle avait été engagée comme servante ; que Monsieur était un sculpteur, Madame, une vilaine vieille.

Il s'en foutait d'ailleurs. Il se remplit un autre verre, mais, aussitôt il dut le laisser là, parce qu'il eut besoin de ses doigts pour compter une série de jours dont Zonzon lui parlait à la fois. D'un jour, où on l'avait fait poser pour la main :

– Un, dit Valère.

– D'un jour, pour le bras.

– Deux, fit Valère.

– D'un jour, pour un bouton qu'on lui avait détaché par en haut.

– Trois.

– D'un jour pour une jupe soulevée par en bas.

– Quatre.

– D'un jour, pour un mot de Madame : « Ma fille, quand on a montré son corps par morceaux, fait-on des chichis pour le montrer dans l'ensemble. »

– Cinq !... Sans compter ceux qu't'oublies, ça fait au moins cinq jours.

– Non, un, fit Zonzon.

– Alors, t'étais modèle. Pas servante !

– Si, servante.

– Ah !

Elle ajouta d'ailleurs que cela n'avait pas d'importance, qu'elle allait raconter d'un certain soir où elle était saoule. Mais d'abord, elle eut à parler de sa main : elle l'ouvrit toute grande pour montrer qu'en ce temps elle était moins forte, quand même forte assez pour flanquer ses cinq doigts à travers la figure d'un Monsieur qui veut vous prendre alors qu'il y a là une ruse de Madame, puisqu'elle les avait laissés seuls et que le lendemain, d'autres jours, elle les laissa de nouveau seuls.

Comme Valère lui rappelait :

– Et quand tu étais saoule…

Elle répondit : « Ah oui ! » et attrapa sur la table une bouteille qui, à vrai dire, ne contenait plus grand'chose :

– Qu'est-ce que c'est ?

– Du gin, dit Valère.

– Oui, mais ce qui reste ?

– Un fond.

– Et s'il restait le double ?

– Un grand fond.

– Et s'il en restait jusqu'au goulot ?

Elle ne laissa pas le temps de répondre qu'en ce cas la bouteille eût été pleine ; elle se mit à parler des gens qui vous veulent honnête, et vous en donnent « une de pleine » en disant :

– Videz cela, ma fille, il reste un fond.

Et c'est alors qu'à force d'embrouiller les choses, son histoire devint absolument impossible. Elle parla d'abord de certains bruits qu'on écoute, de son lit, comme si des voleurs marchaient à pieds nus dans votre chambre. Puis elle fit une grimace de dégoût, la même qu'elle avait faite, dans son lit, en reconnaissant, sur sa joue, la barbe de Monsieur.

Puis elle reparla d'une gifle et aussi d'un certain : « Merde ! » le premier de sa vie qu'elle lança, parce que deux mains la retenaient par les jambes et que ces mains, tu comprends, Valère ? n'étaient, même pas comme la barbe, les mains de Monsieur.

Tout cela pour en arriver à ceci : qu'elle s'appelait Françoise, qu'en ce temps, elle se réservait pour un petit gars qui la faisait rougir rien qu'en disant :

– Ma petite Framboise.

Le plus drôle, c'est qu'en racontant cela, elle montrait des yeux comme ceux dont elle parlait tantôt ; qu'elle avait au préalable envoyé les framboises et aussi l'assiette à travers la figure de Valère ; et que Valère qui saignait et semblait abruti, répondit :

– Oui, Zonzon. Le vice, c'est une petite framboise qui pourrit.

XXVII

L'HOPITAL

En ce temps, est-ce bien sûr, que Zonzon se trouvât dans un lit ? Elle était une petite fille ; un méchant homme la tourmenta avec un fer dans son ventre : il lui donnait aussi d'un marteau sur la tête. Elle était trop faible, elle ne pouvait crier. Elle criait « Maman ». Cela sonnait « Mâmâ » dur comme une trompette dans ses oreilles.

Plus tard elle comprit. Elle était malade. Oh ! rien de sale. La vérole c'est une invention pour effrayer les types : une péritonite, qu'avait dit le docteur.

C'était un bel hôpital où l'on pouvait aller : il suffisait d'être Française. Il y avait de vraies sœurs. Il y avait aussi d'autres malades, toutes dans des lits. Le sien se trouvait le dernier, au fond de la salle.

Est-ce peut-être que, d'avoir mal, cela vous change ? Bien sûr qu'elle était Zonzon ; et, pourtant, on l'eût bien étonnée à lui dire que le derrière, qu'on ne lui voyait pas sous cette chemise, était le derrière de Zonzon. Elle ne savait plus se tenir sur ses jambes. Elle avait besoin de Ma Sœur pour faire pipi. Et puis, il faisait doux dans cette salle. Cette salle était blanche. On avait mis à Zonzon un petit bonnet de béguine ; ce bonnet aussi était blanc ; sa figure, ses mains, aussi étaient blanches et comme ce bonnet, comme sa figure, comme tout dans cette salle, il y avait quelque chose de blanc dans le cœur de Zonzon.

Une fois elle s'était fâchée : « Merde ! » Maintenant elle ne pensait plus : « Merde ». Elle ne savait plus qu'on rage. Elle s'amusait, dans son lit, à regarder les fleurs, et quand Ma Sœur arrivait avec sa tasse, blanche dans sa chemise, blanche sous son bonnet, blanche dans son sourire, Zonzon disait :

– Merci, Ma Sœur.

Elle se souvenait à présent. Quand l'homme la tourmentait, des mains s'approchaient avec de la glace. C'était Ma Sœur : des mains douces, des mains fraîches pour guérir ; vraiment, des mains de Ma Sœur. Elle en aimait jusqu'au bon Dieu qui rend si douces les mains de Ma Sœur.

Petit homme venait. Un bonheur que ce fut Valère. D'avoir logé dans de la fourrure cela vous rend un petit homme plus moelleux pour visiter sa Zonzon qui est malade.

Elle le voyait avec d'autres yeux et lui aussi, parce qu'elle avait mal, il la voyait avec d'autres yeux. Il ne donnait pas du talon, comme on marche à la rue. Il avait peur du bruit, dans cette salle où Zonzon était malade, et s'il avançait en douceur, pas à pas, sur les pointes, ce n'est pas vrai qu'il eût appris à marcher ainsi dans les vestibules, où l'on trouve à serrer la gorge aux vieilles dames. Elle le regardait venir, elle le trouvait joli parce qu'à se retenir, il poussait, par la bouche, un petit bout de langue ; elle pensait :

– Voici mon petit pigeon qui arrive !

– Ma Zonzon !

Bon Dieu ! autrefois il ne l'embrassait pas ainsi. Il appuyait sur le front, comme s'il suçait une bonne orange. Après, il devenait tout chose. Il la regardait et son bonnet. Il la touchait pour savoir si c'était elle. Il demandait C'est-y qu'on peut s'asseoir ?

– Mais oui, mon petit pigeon.

Il l'arrangeait :

– C'est-y que t'es bien ma Zonzon ? Faut-y pas que je te lève un peu ton oreiller ?

– Mais oui, mon petit pigeon.

Il racontait ses histoires : toujours les mêmes :

– Tu sais, je t'attends.

– Mon pauv'petit pigeon.

Elle était si sage qu'elle ne se doutait pas qu'une femme pût être jalouse.

Ma Sœur survenait. Ma Sœur avait dit :

– Il est convenable, monsieur votre frère.

Il se levait les yeux baissés et tournait sa casquette. Lui aussi, il avait quelque chose de blanc dans le cœur. Il aurait voulu toucher ces mains qui faisaient doux à Zonzon. Les bananes qu'il apportait, il les chipait tout exprès pour faire plaisir à Ma Sœur.

– Maintenant, disait-il, il faut que je parte.

« Au revoir, Zonzon », il l'embrassait. « Zonzon, j'ai oublié de te dire », il se rasseyait. Il revenait : « Zonzon, c'est-y pas des oranges que tu préfères ». Il revenait encore : « …ou plutôt du raisin ». « Au revoir, au revoir, Zonzon », il se tournait, il se tournait, et quand, après la porte, elle ne le voyait plus, elle savait bien qu'au bout du couloir, il reviendrait : « Au revoir… au revoir Zonzon… au revoir… »

Son pauv'petit pigeon.

Un jour elle était déjà un peu rose :

– Petit Pigeon, je reviendrai bientôt.

– Quand, Zonzon ? Quand ?

– Bientôt.

Elle voulait en faire une surprise.

Ce fut un jeudi.

Adieu petit bonnet ! Adieu petite chemise ! Merci… merci, ma sœur ! Voilà le châle de Zonzon. Voici la jupe à Zonzon. Voici, avec ses poches, le tablier de la Zonzon.

Sa chair, en dessous, était à neuf, comme lavée d'avoir eu mal dans son ventre. Elle en gardait l'étrenne pour son P'tit homme. C'était le soir… Le soir il passe des types… Il en passa un…

Après, elle fut bien triste…

Elle n'en dit rien à P'tit homme. Il ne l'attendait pas. Il sursauta :

– Oh ! Zonzon !

Il était devant le feu, avec ses mains. Il dit :

– Tu vois, c'est comme ça que j'étais.

– Oui, petit homme.

Elle voulut se mettre bien vite au dodo. Il était content de ravoir sa Zonzon. Avec son corps, il se coula tout du long.

– C'est toi… toi, Zonzon !

Elle lui passa les bras. Elle pensait à l'hôpital, où toutes les choses sont blanches.

Elle dit :

– Petit homme ! Si qu'on était, comme ça, nous deux ensemble, malades.

XXVIII

DU BLANC AU NOIR

C'est-il que d'être sortie de l'hôpital ça vous laisse une âme blanche ? Ils ne se reconnaissaient plus. Le Cercle ? Ils n'allaient plus au Cercle. Des types, il en fallait, mais tout juste. Et après :

– P'tit homme, disait Zonzon, si qu'on pouvait sans tous ceux-là vivre ensemble comme tout le monde !

Et Valère, pourtant le Valère à serrer le cou aux vieilles femmes :

– Tu ne sais pas, disait ce Valère, autrefois, j'avais une cousine, je l'adorais, l'innocente, parce qu'elle avait des yeux d'aveugle… depuis que t'es revenue, je t'aime un peu comme ça…

Il pouvait le dire : Il l'aimait fort comme ça.

Un jour, il la mena où il eût mené cette cousine. Ils prirent le train. Il avait expliqué :

– Des roses, tu en verras…

Et c'était vrai ! D'où qu'ils venaient, où qu'ils allaient, on les voyait, ces roses ; là-bas, encore des roses ; plus loin, rien qu'à flairer, hum ! ce serait toujours des roses. À ne pas croire !

– P'tit homme, disait Zonzon : c'est-y donc vrai qu'il y ait par le monde tant de roses ?

– Tu vois, souriait Valère.

– On peut toucher ?

– Mais oui, touche.

Elle les touchait. Il y en avait ; on aurait dit une pomme ; d'autres, de mignonnes, comme une bouche d'enfant.

– Et celle-là, regarde Valère, tu t'souviens à l'hôpital, la môme qui était si pâle : sa peau était ainsi ; et c't'autre, si tu penses à Ma Sœur, elle avait les joues comme ça.

Elle ajoutait :

– Mon pauv'petit pigeon.

– Zonzon.

À cause des roses, il leur venait encore plus de blanc dans le coeur !

Dommage que de pareils jours aient un soir qui vous chasse. Ils durent partir. Ce train qui vous prend, ces trottoirs qui puent, D'Artagnan qui vous croise, Londres, c'est l'enfer où l'on rentre. Zonzon marchait encore parmi ses roses. Elle fermait les yeux, comme la cousine.

– P'tit pigeon, je n'y vois pas : où c'est-y que tu me mènes ?

Mais Valère serrait les dents :

– Ne blague pas, tu m'agaces.

– Je t'agace ? Pourquoi ?

Il ne savait pas ; il se plaignait :

– Ça m'a pris, dès la gare…

Plus loin, à cause d'un type, lui qui s'en fichait, il voulut qu'elle y allât.

Ce soir, elle eût préféré non. Il eut son œil mauvais :

– Vas-y donc !… J'rentre devant…

Elle y alla, il rentra devant.

Pendant ce temps, que se passa-t-il ? Elle n'avait pas été longue. Quand elle revint, Valère se tassait sur une chaise, tout rouge, avec des yeux comme quand on va prendre au cou une vieille femme.

Elle dit, comme tous les jours :

– Bonsoir, petit pigeon.

Et lui, sautant debout :

– C'est pas ça que je veux.

Il la prit aux poignets : il serra tant qu'elle eut mal ; il mordit tant qu'elle saigna. Il grognait :

– Aussi t'es pas trop chiffe.

Chiffe ! Il n'eut pas besoin d'expliquer. Elle vit clair tout à coup. Être Zonzon, être Valère, on le reste... Du blanc d'hôpital, on est chiffe... Alors, merde, n'est-ce pas ? Il l'avait d'ailleurs rendue furieuse. Elle redevint la Zonzon, elle sortit des griffes, elle se rua. Ils se retrouvèrent ce qu'ils étaient, nus et féroces, comme des bêtes.

Après il rit. Il soufflait un peu. Il ronronna :

– Zonzon, t'aimer comme ça, c'est comme si qu'on bouffait du sucre dans la gueule d'une lionne...

XXIX

N, I, FINI

I

Ils venaient de s'aimer. Il s'arrangeait pour la nuit. Elle fit :

– P'tit homme, ta malle, c'est-y qu'elle te donnerait des ennuis ?

Il rit.

– Ma malle, tu sais bien, c'est ma pelisse.

Elle rit aussi.

– Tant mieux, qu'elle dit. T'faudra pas un commissionnaire... T'es pas parti ?

Il rit :

– Si qu'on dormait, Zonzon.

Mais elle ne riait plus. Elle rabattit les couvertures. Elle eut ses yeux de quelquefois, quand elle devenait une mauvaise bête.

– Décampe, qu'elle dit. Si c'est pas toi, ce sera moi, c'est tout choisi.

Alors il comprit :

– Une toquade, quand ça me prend, il faut qu'ça pète, qu'elle avait dit.

– Ça pète ? qu'il reprit.

– Oui, qu'elle fit.

Il se leva. Un pantalon, une veste, ce n'est pas long, il se vêtit.

– Tu vois, qu'il fit, j'entre dans ma malle.

– Tout de même, c'est drôle, qu'elle dit.

Elle rit.

– Zonzon, qu'il fit. T'as de beaux yeux. Si tu veux que je parte, cache-moi vite, ces chéris.

– Avec tes lèvres, qu'elle répondit.

Il fit ainsi.

– Maintenant, au revoir, qu'il dit.

Dehors il entendit :

– Laisse la clef par ici.

– Bon, bon, qu'il dit.

La drôle de nuit ! Il eut son visage tout en pluie. Salope de pluie ! Il serait bien allé quelque part. Mais où. Il alla chez François : c'était son ami.

François, au bord du lit, cajolait son Mouton. Ils furent surpris.

– Oh ! monsieur Valère, je vois, vous avez de la peine, qu'elle fit.

– Non, non, qu'il sourit. À propos, vous savez, Zonzon c'est fini.

– Ah bah !

– Oui, qu'il dit. Savoir pour qui…

– Pas pour moi, dit François.

– Non, qu'il fit, je vois… Mais pour qui ?

– Peut-être pour Gros Jules, qu'elle dit.

– Je ne crois pas, qu'il fit.

– Ou pour Louis.

– Je ne crois pas… Savoir pour qui.

Il réfléchit…

– Bonsoir, qu'il fit.

Salope de pluie… Il serait bien allé, mais chez qui ?… Il pensa aux amis. Au Cercle, il n'y avait que Betsy.

– Aoh, monsieur Valère, qu'elle dit.

– Oui, qu'il fit.

– Et Tzoontzoone ? qu'elle dit.

– Ça pète, qu'il fit.

– Aoh, paîte ! qu'elle dit.

Sa main qu'elle lui prit, une bouche qu'elle lui mit :

– Boivez de l'ale, qu'elle fit.

C'est drôle, qu'il réfléchit. Parce que Zonzon était grasse et très maigre Betsy :

– Un jour, je voudrais bien tenir Besty qu'il avait dit.

– Pas maintenant, plus tard, on verra voir, qu'il répondit…

… Comme on vomit.

Puis il sortit… On flâne par la Tamise, la nuit. Trois heures et demie. N, i, fini… Savoir pour qui ? Quelle drôle de nuit ! Salope de pluie.

Le lendemain il vit. Il se trouvait au Cercle, quand un homme entra et Zonzon avec lui. Il venait de Paris pour vendre un ciboire, qu'il avait dit. Son nom : S'il-Plaît-à-Dieu. Il se l'était choisi.

Pour Valère, une dent le mordit. Mais rien ne se produisit. Simplement il sortit.

Auparavant :

– Tu viens, Besty, qu'il avait dit.

Après :

– Salope de pluie.

II

Comme il l'expliquait :

– Moi, ma spécialité, c'est pas les portefeuilles. C'est le travail dans les églises... Ce que j'en fouillerai, s'il plaît à Dieu.

Il disait souvent : « S'il plaît à Dieu. » Il tenait cela du séminaire. Alors, comme le cricri qu'on appelle « cricri » parce qu'il crie : « Cri cri », « S'il-plaît-à-Dieu » qu'on avait dit.

Valère disait « S'il plaît », tout court, en bon ami.

Une nuit, à la rue, ils causaient sous le porche d'une église. Ils n'allèrent pas directement à la sacristie, parce que les serrures de sacristie qui se trouvent à l'extérieur, sous l'œil des agents, sont plus dangereuses que celles de l'intérieur, sous l'œil de Dieu. Ils passèrent donc par la porte de l'église. Comme de juste, cette porte était fermée ; on ne voyait pas de serrure : à sa place, une statue de saint.

— Ça me connaît, dit S'il-Plaît, c'est saint Joseph, amène ta pince.

— V'là, dit Valère, moi j'pousse.

Cela fit « Krak », puis ça fit « Boum », et saint Joseph vola par terre.

— Introïbo, murmura S'il-Plaît.

À l'intérieur, c'était comme dans toutes les églises, la nuit, quand il n'y a personne : un noir de cave, au bout, un rien de lumière devant l'autel.

— Ça me connaît, dit S'il-Plaît ; file par le milieu, et pique droit sur la lampe.

— Tire ta casquette, blagua Valère.

Il était gai. Il y avait un mois de Zonzon. Comme il l'avait dit :

— Mon vieux, quand, pour une môme, on ne se casse pas la gueule le premier jour, le pharmacien y peut garder sa colle.

Ils rirent parce qu'à piquer sur la lampe, Valère donna du pied dans quelque chose. Dans l'obscurité, il était toujours un peu bête.

— Ça me connaît, dit S'il-Plaît. Dans une église, tu trouveras toujours au milieu, sous ton pied, un tronc pour les pauvres. Crache ton aumône.

— T'à l'heure, souffla Valère.

Ils arrivèrent sous la lampe, ils prirent du feu pour leur lanterne. On voyait un banc qu'on appelle la Sainte Table.

– Gna rien d'servi ?

– Non, dit S'il-Plaît, tourne à gauche, là, vers cette porte. C'est la sacristie.

Ils entamèrent une nouvelle prière :

– Crochetez, dit S'il-Plaît, et il vous sera ouvert.

– Poussez, répondit Valère, et vous entrerez.

Ils entrèrent.

Sacré S'il-Plaît ! Au milieu des armoires, on aurait dit un vrai prêtre. Il ne farfouilla pas pour rien. Il marcha droit à la bonne, une brave fille d'armoire, toute prête à s'ouvrir et montrer les jolies choses qui emplissaient son ventre. Et ce qu'il y en avait de dentelles, et des pendants pour les oreilles de la Vierge, et des boules en argent à foutre dans la main des petits Jésus !

– Ça me connaît, dit S'il-Plaît ; choisis les petites affaires, c'est moins encombrant, et puis c'est de l'or.

Tout de même ils en choisirent quelques grandes : Valère un collier à pendeloques, S'il-Plaît une couronne, avec une grosse croix au-dessus.

– S'il plaît à Dieu, dit-il, celle-là, avant que je la bazarde, faudra que je l'essaie à Zonzon.

Ils n'avaient pas encore parlé de la môme.

– Oui, rigola Valère… s'il plaît à Dieu.

Après ce mot, ils ne trouvèrent plus rien à dire. Ils songeaient d'ailleurs à filer. Ils soufflèrent la lanterne. S'il-Plaît allait devant. Ils arrivaient près du tronc, quand Valère bouscula et fit gueuler une chaise. On connaît ce long cri de femme que poussent les chaises que l'on bouscule dans une église. Il n'y avait pas là de quoi avoir peur : pourtant S'il-Plaît eut peur.

— Calte-toi, dit-il, gna quelqu'un.

Il décampa le premier. Valère n'eut le temps de rien. Il l'entendit qui s'embrouillait dans d'autres chaises, puis qui butait sur un banc, puis qui disait « ouf » en se flanquant par terre. Quand il le rejoignit, S'il-Plaît, à quatre pattes, ne savait plus se relever.

— J'ai été bête, je crois que je me suis cassé quéqu'chose.

Valère ralluma la lampe :

— Attends, vieux, on va voir.

Ils étaient sous le portail : tout près il y avait une de ces civières qui servent pour les morts qu'on entre dans les églises. Il dit :

— Tu es un peu bas, mon vieux, couche-toi là, que je t'examine.

Il le prit sous le bras et l'installa.

— Aïe, fit S'il-Plaît.

— Mon vieux, dit Valère, j'comprends qu't'aies mal, il faut cependant que je t'examine.

Et, un peu plus fort, il le cala sur la civière.

— Aïe ! Aïe ! recommença S'il-Plaît.

En ces moments, on n'est pas très patient. Et puis, du monde pouvait venir.

– Mon vieux, reprit Valère, il faut cependant que j't'soigne.

Et, solidement cette fois, il empoigna S'il-Plaît, le maintint sur la civière et, d'une bonne secousse, l'y étala tout de son long. Il dut même y mettre un peu plus de force qu'il n'aurait voulu, parce qu'à se démener en gueulant qu'il avait mal, S'il-Plaît ruait des jambes, frappait des poings – à faire croire qu'ils se battaient.

Tout de même, à la longue, il eut l'air de comprendre : il cessa de bouger.

– À la bonne heure, dit Valère, maintenant on va voir…

Il vit, en effet. À servir aux cercueils, cette civière avait tout du long de grosses pointes, pour empêcher les morts qu'ils ne se fichent par terre. S'il-Plaît, qui savait tout, aurait dû le savoir. Alors, en se démenant sur ces pointes, il s'en était fourré deux dans les mollets, une dans les cuisses, une quatrième que Valère ne découvrit pas tout de suite, tant elle se cachait bien, par derrière, dans le crâne. Et celle-là mordait ferme ; il dut tirer, tirer très fort pour dégager la tête, et sans doute avait-elle touché quelque chose d'important, car, s'il ne disait plus rien, S'il-Plaît, si même il ne trouvait plus rien à dire, c'est que, vraiment, le pharmacien, il pouvait garder sa colle.

III

On pense, après, Valère, la gueule qu'il fit.

S'il-Plaît ci-gît.

La drôle de nuit ! Il courut sous la pluie. Ses doigts rougis. Avoir vu mourir son ami.

Au Cercle, il ne regarda pas Betsy.

– Aoh ! qu'elle gémit.

– Ta gueule, Betsy !… S'il-Plaît-à-Dieu est mort, qu'il dit.

Le long récit :

– S'il-Plaît cela et moi ceci. J'ai le collier… et la couronne aussi !…

Les hommes étaient là, et Zonzon – toute seule, par ici.

Les tristes yeux… Les méchants yeux… Puis elle saisit. Oh ! les beaux yeux quand elle comprit ces doigts rougis.

– Sale bête, qu'elle dit.

Les drôles d'yeux ! Alors, Valère il rit.

Finie la pluie : Sa môme à lui ! Toute une semaine dura leur nuit !

XXX

LA DERNIÈRE NUIT

Il ne faut pas l'oublier : Un soir, au Cercle, ayant payé du gin aux copains, Zonzon se fâcha contre Marie la Flamande, cria « Merde » dans la gueule de Fernand, son homme, et, le temps de voir la béquille de Lois s'envoler vers la lampe, tomba sur ses grosses fesses, avec du rouge tout plein sur le blanc du corsage.

On aurait voulu le contraire, mais, quand on ralluma, Zonzon resta par terre : elle était morte.

Qui avait fait le coup ? Le dira-t-on jamais ? Fernand, qui l'aurait pu, se taisait comme une brute pour qui une môme par terre n'est déjà plus une môme. D'Artagnan, à la sienne, faisait de la morale :

– Toi ! si tu parles !…

Les autres n'avaient rien vu.

Il y avait là Valère. Au moment de la lampe, il jouait aux cartes avec Louis. Il préparait le sept de trèfle. Il attendit la lumière :

– Voilà, un sept.

Et se rendit compte.

Il ne pleura pas, parce que c'est bête, mais il fut tout de suite évident que c'était lui, et pas Fernand, le maître. Il l'écarta, s'agenouilla près du corps, déchira le corsage. Il eut ainsi les mains toutes rouges, et, ensuite, la culotte, quand il s'y fut essuyé.

– Moi, dit-il, je m'en fous. Mais celui qui a fait ça…

Personne ne répondit : Louis, qui buvait, toussa dans son verre, ce qui fit, de nouveau, remuer sa béquille : cette fois, elle tomba. Les autres pensaient ailleurs. Une môme, quand ça arrive, c'est triste, c'est ennuyant ; pourtant qu'y faire ? Voyez la rue, voyez la Tamise ; et la police, si elle est curieuse, qu'elle s'arrange. Comme Valère restait là, ils crurent :

– Tu t'en charges ?

– Oui.

– C'est-y que tu veux un coup de main ?

– Non.

Il ne retint que François et son Tendre Mouton. Il aimait bien ces deux. Quand ils furent seuls, il les prit dans ses bras :

– François, j'ai dit que je m'en charge. La Tamise, elle n'aurait pas aimé ça.

– Non, dit François.

– La rue, elle n'aurait pas aimé ça…

– Non, fit François.

– Alors, si qu'on essayait, on la ramènerait chez moi.

– Dangereux, dit François.

– Quand même, si qu'on essayait.

Et François voulut bien.

À cause du sang, le Mouton prêta son châle. Pauvre Zonzon ! On la roula là-dedans ; elle se laissait faire ; on lui arrangea sur le front un peu de franges, puis, chacun par un bras, ils la mirent debout pour aller.

Par chance ce n'était pas loin ; sur les trottoirs, les gens qu'elle avait, tantôt, enjambés, dormaient toujours pour leur compte, il ne faisait plus tout à fait noir. Jamais elle n'avait paru si lasse.

On ne sait ce qu'il prit alors à Valère. Depuis le Cercle, il n'avait plus rien dit ; il se mit tout à coup à parler ; il parlait à Zonzon avec des mots comme si elle était vivante :

– Un trottoir, Zonzon… Courage, Zonzon… Je savais bien que tu reviendrais, Zonzon !

Un peu plus loin, à cause d'un flic, il se mit à rire :

– Tipsy, Zonzon ! T'as bu, tiens-toi…

Devant le flic, il rigola plus fort.

Arrivé devant sa maison, il parut à bout de force. Il restait un escalier à monter. Il s'assit sur une marche :

– François, je n'en suis plus. Si tu veux, tu la porteras seul.

François, qui avait pris Zonzon, le Mouton qui montait en avant, le virent qui se cramponnait à la rampe, en soufflant de fatigue.

Là haut, il parut se reprendre :

– Entre, Zonzon.

Il alluma la lampe, il découvrit le lit.

– Couche-toi, Zonzon.

Il voulait faire tout par lui-même : arranger les draps, reboutonner le corsage, mettre ensemble les pieds. En route, elle avait semé une chaussure : il arracha l'autre. Pour les mains, il hésita : il les prit pour les joindre comme à une morte ; puis il les lâcha où elles étaient.

– Et maintenant, fit-il, laissez-moi.

Sur le palier, François et le Mouton ne descendirent pas tout de suite. François mit l'œil au trou de la serrure. On voyait tout de la chambre : Zonzon couchée, un bout de table, Valère qui allait et venait. À un moment, il cessa de marcher et se pencha sur le lit. Il pleurait. Il avait pris sa grosse lampe. Il la tenait tout de travers.

– Zut, dit François, décampons.

D'en bas, ils regardèrent…